邵东人
在佛山

肖启楫

著

SHAODONG REN
ZAI FOSHAN

中国市场出版社
China Market Press
·北京·

图书在版编目（CIP）数据

邵东人在佛山 / 肖启楫著. -- 北京：中国市场出
版社有限公司，2021.10
ISBN 978-7-5092-2149-5

Ⅰ.①邵… Ⅱ.①肖… Ⅲ.①报告文学 – 作品集 – 中
国 – 当代 Ⅳ.①I25

中国版本图书馆 CIP 数据核字(2021)第 208998 号

邵东人在佛山

SHAODONG REN ZAI FOSHAN

著　　者：肖启楫

责任编辑：张再青（632096378@qq.com）

出版发行：中国市场出版社

社　　址：北京市西城区月坛北小街 2 号院 3 号楼（100837）

电　　话：(010) 68024335/68034118/68021338/68022950

经　　销：新华书店

印　　刷：成都兴怡包装装潢有限公司

规　　格：170mm × 240mm　　16 开本

印　　张：14　　　　　　　　字　　数：175 千字

版　　次：2021 年 10 月第 1 版　　印　　次：2022 年 2 月第 1 次印刷

书　　号：ISBN 978-7-5092-2149-5

定　　价：98.00 元

序一

李玉林

Preface

邵东，是我生于斯长于斯的家乡；佛山，是我工作过的城市。这两个地方，一个地处湘中腹地，一个位于粤中南部，但在地域文化特征上却有共同之处。

首先是都具有深厚的工匠文化传统。邵东素有"百工之乡"的美誉，如广为人知的五金产业源远流长，箱包、打火机、药材等产业也蜚声国内。佛山的陶瓷、铸造、纺织、医药产业在全国乃至全球都卓尔不凡。

其次是邵东、佛山两地人都崇尚经商创业。改革开放以来，邵东有数十万人走南闯北，商海弄潮，足迹遍布全国各地和全球数十个国家、地区，书写了"哪里有市场哪里就有邵东人，哪里有邵东人哪里就有市场"的传奇。而据最新的数据显示：佛山市登记在册的商事主体总量突破了 100 万。佛山 2020 年常住人口将近 950 万，因而每 10 个佛山人中就有一个老板。

"邵东商人遍天下"之势蔚然可观。可以说，每一个筚路蓝缕闯荡商海的邵东人，都有动人的不为人知的创业故事。如果能够把这些平凡人物的创业奋斗史记录下来，汇聚在一起就能呈现出典型的邵商群像。因此，邵东市委宣传部牵头组织创作记录邵东人奋发创业的系列报告文学集，我觉得这是一件非常有意义的事。

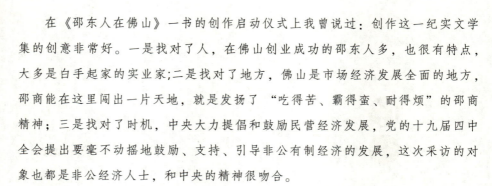

在《邵东人在佛山》一书的创作启动仪式上我曾说过：创作这一纪实文学集的创意非常好。一是找对了人，在佛山创业成功的邵东人多，也很有特点，大多是白手起家的实业家;二是找对了地方，佛山是市场经济发展全面的地方，邵商能在这里闯出一片天地，就是发扬了"吃得苦、霸得蛮、耐得烦"的邵商精神;三是找对了时机，中央大力提倡和鼓励民营经济发展，党的十九届四中全会提出要毫不动摇地鼓励、支持、引导非公有制经济的发展，这次采访的对象也都是非公经济人士，和中央的精神很吻合。

今日之佛山，是品牌之都，是"智造"之都，是全国民营经济最发达的地区之一。缔造这一奇迹的，就是企业家精神和工匠精神的"双子灯塔"。

习近平总书记曾高屋建瓴地指出，市场活力来自人，特别是来自企业家，来自企业家精神。企业家精神的核心则是创新，从产品创新到技术创新、市场创新、组织形式创新等，用创新引领企业的发展。我们欣喜地看到，一大批在佛山发展的邵东籍企业家，勇于革故鼎新，极具创新能力，以惊人的速度将企业做大做强。希望更多的在佛邵商能见贤思齐，奋起直追。

"坚守行业，持之以恒，用心打磨，久久为功。"这16个字，就是工匠精神的精髓，也是佛山品牌叫响世界的全部秘密。将一件事情做到极致，离成功就不远了。在佛邵商很多都拥有自己的实体企业，也生产出了一批闻名全国乃至成功走出国门的高品质产品。在追求高品质的路上，希望邵东企业家们继续奋勇向前，永不止步。

佛山，有深厚的工商文化积淀，有一流的营商环境，有高效的服务型政府，有强大的市场辐射能力，更有海纳百川的开放包容精神。遇强则强，我深信睿智、勤勉的邵东人，定能在佛山这方热土再创佳绩，也祝愿在佛山发展的邵东人，能够涌现出载入史册的工商巨子！

二〇二一年六月

（作者系佛山市市委原常委、军分区政委）

序二　刘永格

邵东人在佛山

　　1978年，改革开放拉开序幕，处处散发春天气息。这一政策的推行，是党引领中国人民从"站起来"到"富起来""强起来"的历史新起点。在此过程中，一大批邵东人相时而动，以星火燎原之势迅速遍布全国。在时代的洗涤和磨砺中，初心如磐，成为时代的弄潮儿。

　　每一个有所成就的创业者，都曾有过咬紧牙关的坚持，经过大风大浪，看过潮起潮落。他们所经历的一切，有着时代的烙印，有着社会前进的足音。数十万邵东人闯荡四方，他们披荆斩棘艰苦卓绝的创业史，令人荡气回肠。"惟其艰难，才更显勇毅；惟其笃行，才弥足珍贵。"这是一种催人奋进的精神，这种精神需要以文化的形态传承下去。白纸黑字，印刷行世。这就是本书创作的主旨和要义。

　　佛山自古以来以工商繁华闻名天下，既是工业重镇，也是商贸重镇。佛山这方热土，承载了众多邵东人的创业梦想。据有关数据统计，在佛山经商创业的邵东人多达数千，在各行各业大显身手。本书所记录的二十余位创业者，只是在佛山创业的邵东人的代表。他们真实的创业历程，从多维度集中展示了这一群体永不懈怠的精神内核和一往无前的奋斗姿态。

概括而言，在佛山创业的邵东商人有着如下几个鲜明特点：首先，他们有强烈的品牌意识，并确立了品牌建设的远大志向。有些创业者，在创业之初就注册了自己的品牌，并矢志不移地培育和维护品牌，将品牌运作上升到战略层面。如今，他们缔造了一批在全国乃至全球都叫得响的品牌。其次，他们注重科技创新。邵东人在佛山创办的企业，很多都有自己的研发团队，有自己的专利产品，有的企业甚至设立了博士后工作站。这使得他们在激烈的市场竞争中能立于不败之地。再者，他们中很多人具有全球视野。他们长袖善舞，在企业运营过程中不仅仅只盯着国内市场，而是不断修炼全球挣钱的能力，不但将产品卖到了全球各地，有的还将工厂建到了国外。

一部《邵东人在佛山》，其实就是一部同一地域的客观真实的商界人物小传。该书所有的篇章，在跌宕起伏的行文中，传递温暖，振奋人心，激励人昂扬向前，并揭示了同一个人生真谛：自强不息就能改变命运！人常谓文字是有力量有温度的，这本书既能记录时代风云，又能给人以启迪和激励，该书的出版善莫大焉！

二〇二一年六月

（作者系中共邵东市委常委、宣传部长）

目录 CONTENTS

　　肖启楫，湖南邵东人，纪实文学作家。著有长篇纪实文学《邵东人闯老挝》《昭阳巾帼谱》（第一作者）。

　　李本财，1969 年出生于邵东市九龙岭镇，广东百威狮工具有限公司董事长，佛山市湖南省邵东商会名誉会长。

李本财：携"百威狮"品牌逐鹿全球市场

世界银行正式发布的一份财富报告指出：企业真正的财富不是有形资产，而是无形资产。品牌，则是企业最具价值的无形资产。真正睿智且具有战略眼光的企业家，都在殚精竭虑经营自家企业的品牌。

百威狮！一度同时亮相中央电视台1、4、7套黄金时段的五金工具品牌。它是国内为数不多的能与世界名牌工具争锋的一流五金工具品牌。

"百威狮"品牌的缔造者，就是来自中国"五金之乡"——邵东的李本财先生。

李本财十几岁走出邵东闯天下，他为人与经商恪守忠诚信实之道；他志存高远但步履稳健；他埋头苦干之余不忘仰望星空……品牌就是企业掌门人自身品质的表现，"百威狮"品牌，正是融入了李本财的个人品质，一步一个脚印经历风风雨雨成长起来。

创业艰难百战多，百威狮品牌的创立、培育、壮大的背后，是李本财十几年如一日的默默坚守……

 邵东人在佛山

SHAODONG REN ZAI FOSHAN

恪守底线，他和商业伙伴的关系有温度有人情味

　　五金产业，是邵东传统产业之一。据专家考证，邵东境内土法炼铁铸造刀剑，可上溯至汉朝平帝元始年间。汉朝平帝元始五年，置立昭阳侯国，因当地发现铁矿、锰矿和煤，故在此炼铁铸造刀剑。若从彼时计算，邵东的五金产业至今已有两千多年的历史。

　　明末清初，仙槎桥、九龙岭一带的五金技术开始兴起，铁匠善制刀剪，产品畅销各地。自改革开放以来，邵东五金产业更是蓬勃发展，成为全国重要的五金生产基地。曾有人说："有井水处，即有邵东五金产品。"话虽略显夸张，但足见邵东五金产业影响力之大。李本财就出生于邵东市九龙岭镇民族村。

　　"赚钱发财"历来就是邵东人血液里奔涌不息的传统，邵东不沿边不沿海，而且地少人多，除了自谋生路做生意，人们几乎没有其他安身立

⊙"百威狮"产品展示厅一角

命的办法。只有外出闯荡才能找到改变平淡生活的钥匙。

江山代有才人出！改革开放以来的几十年，"万物肆意生长，尘埃与曙光升腾。江河汇聚成川，无名山丘崛起为峰"。邵东人应势而谋乘势而为。20 世纪 70 年代末以来，成千上万信奉"人不出门身不贵"的邵东人，背井离乡，自发地走上经商创业之路，勇立新时期社会主义民营经济的潮头。

1987 年，18 岁的李本财开始外出闯荡。李本财经商的第一站是贵州。他起早贪黑做着最低端的生意，摆过地摊，做过上门推销。从一开始就靠自己，在一条未知的道路上摸索前行。

在贵州经营一段时间后，李本财又奔赴云南，以及宁夏、甘肃、西藏等地。人生没有白走的路，十几年栉风沐雨，东奔西跑，对李本财而言是一笔丰厚的财富。"春江水暖鸭先知"，十几年来，李本财一直奋战在市场一线，真正了解客户的需求。这对他日后运营品牌大有裨益。经营企业，唯有了解市场，方能把握市场脉搏，制定相应的产品策略及营销手段来获取市场的优势。

跑遍全国十几个省之后，李本财最终将自己发展事业的地域定在了广东。广东作为改革开放排头兵、先行地、实验区，拥有巨大的市场容量和强大的辐射能力，同时广州是一座著名的国际化大都市，也是我国综合性门户城市，拥有两千多年长盛不衰的广州港。1997 年，李本财和兄弟合伙在广州市生源五金城开起了一家五金店。店名为"忠信五金行"。忠信者，忠诚信实也。孔子认为忠信是做人的根本，忠，就是做事尽心尽力，尽职尽责；信，就是待人坚守承诺，取信于人。

忠诚信实，自然也就成了李本财做人、经商坚守的底线。在经营五金商行的时候，一次一位客户一时疏忽，多支付了几万块钱给李本财，李本财发现后毫不含糊地将这几万块钱退给了那位客户。李本财认为：

通过明码正价的交易赚取利润，钱赚得心安理得，但昧下客户因疏忽多支付的钱，那是牟取不义之财，绝不可为！

诚信是有回报的。你给予了别人诚信，别人就会回报你信任和尊重，你给予了别人一缕善良的火苗，别人就会回报你一片心灵的阳光。李本财的那位客户，此后二十多年，一直和他保持毫不设防非常愉快的合作关系。同时，通过这位客户的口碑相传，李本财诚信的品质得到广大客户认同。

生意逐渐做大，运营"百威狮"品牌后，李本财对合作伙伴的帮衬也是尽心尽力的。一些代理商，刚起步时资金实力不够雄厚，在旺季来临之前大量囤货就显得捉襟见肘。这个时候，李本财不仅赊自己公司的货物给他们，还借现金给代理商支付那些必须现款提货的外贸单。

李本财是品牌运营商，他拥有重金打造的知名度、美誉度极高的品

⊙李本财在邵东市第五届五金机电博览会上发言

牌、数十年苦心经营建立起来的销售渠道以及相关核心技术和市场资源。但他的发展，肯定离不开供应商的支持与合作。李本财对于供应商，一直秉持合作共赢的宗旨，从不苛刻地压价、拖欠货款。

在广佛五金行业的圈子里，李本财和供应商的一个小故事广为流传：2006 年下半年，一位供应商因厂房搬迁，有 100 万元的资金缺口，四处求援无果后，便打了个电话给李本财，提出借款 100 万元。当时李本财手中有 100 多万元的现金，但这笔现金他原本计划用于给儿子买房子。为解这位供应商的燃眉之急，李本财毫不犹豫将这笔购房款借给了他。半年后，房价上涨，李本财因此损失数十万元。然而，值得欣慰的是，那位供应商得知内情后，懂得投木报琼，每当工厂研发出新品后，总是第一时间找"百威狮"合作，对于"百威狮"的订单，总是保质保量完成。

在有些人的思维里，商业合作就是冷冰冰的金钱利益关系。但李本财觉得：公司和供应商、代理商之间的关系，应该是有温度的，有人情味的，公司要和供应商、代理商们同舟共济共同成长，和他们结成命运共同体。事实证明，在现代商业这个大竞技场之中，公司和供应商、代理商结成命运共同体，必然成为未来趋势，唯有如此，才能取得更加辉煌的成就。

市场突围，他义无反顾踏上品牌运营之路

市场是瞬息万变的，唯有变，才是永恒的不变！

在广州经营五金商行的前几年，李本财兄弟将生意做得红红火火，店里每天门庭若市。但随着时间的推移，市场格局发生了变化。广州生源五金城内的经营户，为了招揽客户，开始大打价格战。据李本财回忆，

当年价格战恶性竞争期间，一件笨重的五金产品，只能赚到5块钱，自己的付出和回报极不对等。

在恶性竞争中随波逐流，还是另辟蹊径在价格战中突围？那一段时间内，李本财一直在苦苦思索这个问题。

通过一番市场考察，他意识到：随着人们收入和生活水平的提高，消费需求逐渐从传统的满足基本衣食住行转向更高层次，一些五金工具品牌也开始走向大众化，以往模糊的消费观念逐渐明晰，消费者摒弃了只重视价格、质量的消费观念，转向追求品牌价值认同、消费体验提升等。要发展就一定要树立自身的品牌，通过品牌的知名度、美誉度提升产品的溢价能力、巩固客户的忠诚度，这将是五金企业未来竞争中的重要武器。

1999年，李本财兄弟注册了"伊迪斯"五金工具品牌，正式踏上品牌运营之路。

众所周知，品牌运营是需要大把烧钱的。遥想20世纪90年代初，中国一大批企业为了树立自身品牌，逐鹿中央电视台，为"央视标王"之争一掷千金。毋庸置疑，要想运营好一个品牌，是需要雄厚的资金实力做支撑的。

从传统的五金批发生意进入到五金工具品牌运营，这对李本财而言是一个不小的挑战。虽然在五金行业摸爬滚打了十余年，但他对于品牌运营在当时还是门外汉。既然选择了这个发展方向，他也只能迎难而上了！所幸那时他人年轻，学习能力强，不断向市场学，向同行学，向书本学，渐渐摸出了门道。

不久后，李本财组建了自己的品牌运营团队，"伊迪斯"五金工具品牌也逐渐在广东本土崭露头角。

如果只注重品牌的宣传造势，不注重产品的质量，这样的品牌注定行之不远。在运营"伊迪斯"的过程中,李本财和其他决策者的经营理念有了较大分歧。李本财想销售高品质的产品,而其他决策者认为有了品牌效应,应抓住这个机遇大量销售中端产品,尽快收回品牌运营的投入。

因为没有高品质产品的支撑,"伊迪斯"品牌运营最终难以为继。

前车之鉴,他认定没有品质何来品牌

直路走完的人是幸运,弯路走直也是一种历练。

"伊迪斯"品牌运营失败后,李本财的兄弟都开始自立门户独立创业了。虽然运营"伊迪斯"品牌失败,但李本财始终认为:要想在五金行业取得长足发展,品牌化经营是必然趋势!从理论上来说,运营品牌,品牌商和供应商、代理商之间,形成了一个创造价值、传递价值、共享价值的良性闭环。用心运作,功到自然成!

一遇挫折就灰心丧气的人,永远是个失败者。不愿服输的李本财决定继续做品牌运营。新的五金工具品牌名为"百威狮"。品牌注册之初,

⊙ "百威狮"董事长李本财主持公司高管会议

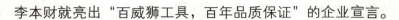

李本财就亮出"百威狮工具，百年品质保证"的企业宣言。

运营"伊迪斯"品牌的经历，让李本财对品牌有了最朴素而又最深刻的认识。他认为：有品质，才能称之为品牌！

为了确保"百威狮"系列产品的质量，李本财推行了三大举措。首先是精挑细选供应商，所有为他供货的工厂，在合作之前，他必须亲自去厂家实地考察，详细了解对方的生产规模、管理水平、相关资质，满意之后才签订合作协议。其次，他不惜血本购置了一系列检测设备，对每一个产品的硬度、韧性、光泽进行严格的检测，力争不让任何有质量瑕疵的"百威狮"产品流入市场。同时，他还和上海技术质量研究所等单位合作，严格把控产品质量。有朋友笑称：李本财对产品质量的管控，简直就是鸡蛋里挑骨头了。

产品质量有保障，是开拓市场的前提。"百威狮"产品质量稳定后，开始在全国市场攻城略地。对于国内的省、自治区、直辖市，公司派遣业务经理各司其职开拓当地市场。国际市场则组建外贸团队，重点开拓中东、东南亚、南美洲等地的市场。

"百威狮"能在短短几年时间成长为全国一线五金工具品牌，参加各类展会功不可没。展会作为低成本的营销中介，是企业走向各大市场拓展客户群体的重要途径。曾有一位长期报道展会经济的媒体记者在一篇文章中这样写道：在国内的各种高端五金产品展销会上，有两个都是由邵阳人创立的五金工具品牌（其中一个是"百威狮"）特别引人注目，他们在展会上不是安排美女走秀，就邀请歌手唱歌，煞是热闹……

成大事者，必先谋大局。2017年，李本财更是投入巨资，在世界各地进行了声势浩大影响深远的"百威狮"品牌巡回展，凡有工具行业博览会的国家或地区，就有"百威狮"品牌展出！这流露出李本财携"百威狮"品牌逐鹿全球市场的雄心。

⊙李本财（右）在邵东市第五届五金机电博览会上为客户介绍产品

纵观"百威狮"的成长历程，我们不难发现，李本财行事的风格非常稳健。他在组建一个庞大的销售网络后，并不刻意追求井喷式的发展，而是根据公司现状，步步为营，稳打稳扎。步子不求太大，但要每天进步。

2006 年，百威狮品牌完成视觉形象识别系统的设计。

2008 年，百威狮企业全面通过 ISO9001:2008 国际品质认证。

2012 年，百威狮获得"中国十大手动工具品牌"荣誉。

2015 年，百威狮在佛山建立 7000 平方米的现代化物流中心，按照工厂 6S 管理模式来管理仓库。

征程万里，他用心走好品牌成长每一步

时至 2018 年，"百威狮"公司累计投资近 3 亿元，产品远销世界各地，销售网络遍布全球数十个国家和地区。百威狮品牌工具涵盖园林

园艺、电子电讯、汽修汽保等 12 个类别，为用户提供 3500 多种规格产品，在全国乃至全球五金行业声誉日隆。到这个时候，李本财已经完成了他品牌战略的短期目标。

沧海横流，问五金工具市场谁主沉浮？

可口可乐前董事长伍德鲁夫有一句名言："假如我的工厂被大火毁灭，假如遭遇到世界金融风暴，但只要有可口可乐的品牌，第二天我又将重新站起。"这句话听上去有些夸张，但品牌的影响力就是如此！当然，品牌的树立并非一时之功，需要长久的维护与巩固。

扩大品牌效应，巩固发展优势，这是李本财 2018 年的战略思维。

百威狮提升品牌知名度的一个举措是找明星代言。找明星代言产品是企业常用的营销手段之一。明星代言的广告可以让消费者与这个品牌形成记忆互联，达到"爱屋及乌"的效果。

经过综合分析，李本财决定请香港著名影视明星李修贤代言百威狮产品。在 20 世纪七八十年代长大的那一代人眼中，李修贤曾经是英雄的代名词，他的银幕硬汉形象可谓深入人心，李修贤在影视圈中也素有铁骨硬汉的美誉。请李修贤代言百威狮五金工具产品，气质上非常吻合。

中央电视台作为中国国家电视台，其影响力是无与伦比的，而一个企业的品牌能否登上央视的屏幕，是衡量企业实力的重要标志。让自己的品牌登上央视屏幕，也是中国一大批企业家梦寐以求的夙愿。2018 年下半年，李本财不惜重金将百威狮的品牌广告在中央电视台 1、4、7 套的黄金广告时段隆重推出。广告片极具震撼力，在狮子霸气的仰天咆哮声中，百威狮的 LOGO 以及形象代言人李修贤闪亮呈现，再辅以一句言简意赅的广告语：百威狮工具，让工作更高效！

作为一位成功的品牌运营掌舵人，李本财深谙一个品牌的成长路径囊括了知名度、美誉度、忠诚度。创业以来，李本财个人始终恪守"忠信"底线，同时，他也在不遗余力地树立百威狮公司良好的社会形象，走好品牌成长的每一步。这些年来，百威狮公司不断组织、参与社会公益活动，从捐资助学到修路架桥，他总是慷慨解囊。

他的事业兴起于广州、佛山，他感恩这两处改革开放的热土，但他对于自己的胞衣地——邵东，依然饱含深情，他深知自己的根是在邵东九龙岭镇民族村。连续多年，他都会回到那个小山村，给村里的老人送上一个红包聊表心意，并和村里的父老乡亲们一起吃上一顿饭。

佛山市湖南邵东商会筹备期间，他出钱出力，只为搭建一个邵东老乡叙乡情谋发展的平台。

对于企业未来的发展，李本财蓝图在胸——

公司将继续保持开放的姿态，不断吸纳优秀人才，为德才兼备的年轻人提供实现自我价值的舞台。在销售渠道发生巨变的当下，将进一步强化电商团队，以便更好地搭载网络销售的快车。

中国市场格局正在剧变，由原来的渠道为王、品牌为王，到现在已经是用户为王。李本财也敏锐地意识到了这种转变，他说：百威狮品牌，以后将要不断强化服务意识，这种服务，不仅仅是针对代理商，还要针对终端客户，要为终端客户提供一整套的解决方案！

一个人一辈子只要做好一件事就足够了！在这个伟大的时代，一个人能够缔造一个纵横四海流芳百世的品牌，那么他的人生将了无遗憾，堪称完美。

百威狮，这一五金工具中威风凛凛的"品牌雄狮"，在李本财的带领下，我们深信它会威震八方，走向更加长远的未来！

　　刘军，1971 年出生于邵东市两市塘镇，"军民"眼镜品牌创始人，佛山市湖南省邵东商会首届会长。

刘军：一腔热忱架心桥

　　改革开放如同一声春雷，汇聚起改变中国的力量，催生亿万中国人民大踏步追上时代的激情，在这个万物生辉的时代，数十万邵东儿女走出家门，踏上经商创业之路，一时间，邵东商人遍天下的情形蔚为壮观。邵东封闭的农耕文明被开放的商业文明所取代。近十几年来，异地的邵东商会，以星火燎原之势，在全国乃至全球遍地开花。

　　屹立在珠江西岸、以功夫闻名于世、以制造业立市的佛山，也活跃着一大批邵东商人。一批有社会责任、有家乡情怀的企业家自发组织了佛山市湖南省邵东商会。

　　佛山市湖南省邵东商会首届会长刘军，自商会筹备以来，以谦卑的姿态，担当的精神，无私效力于商会。凭着一颗初心、热心、真心和责任心，为广大在佛山发展的邵商，搭建了一座心与心沟通的桥梁。

敢为人先　年少扬帆商海

　　人们常说英雄出少年，一些人在青少年时代就特立独行，敢闯敢拼，创下一番令人击节的事业。刘军就是这样的人。

⊙佛山市湖南省邵东商会成立大会合影

　　刘军 1971 年出生于邵东市胜利街。1987 年，他放弃了学业。那时，十一届三中全会后，党中央出台了一系列推行改革开放，搞活经济的政策。较多工业产品和人民生活耐用消费品相继退出计划管理范围或完全放开。邵东掀起了全民经商的热潮，人人思商、思富，"无商不富"成为热门话题。当时的邵东两市塘镇，各类市场如雨后春笋般冒出，尤其是两市塘镇工业品交易市场，万商来朝，客如云来。两市塘镇也曾因民营经济发达，被誉为"三湘第一镇"。

　　在此背景下，年仅 16 岁的刘军也跃跃欲试了。那时，母亲承包了邵东两市塘镇眼镜厂的门市部，因而刘军也准备做眼镜零售。他在父母的支持下，于 1987 年将家里位于胜利街的一间 60 平方米的门面装修之后，开起了一家眼镜店，取名"军民眼镜店"。

　　时至今日，邵东市的品牌眼镜零售店可谓多如过江之鲫，但毫不夸张地说：邵东的第一家品牌眼镜零售店，则非刘军创办的"军民眼镜店"莫属！

眼镜具有矫正视力和保护眼睛的作用，市场需求量较大。军民眼镜店开业之后，因为找准了市场切入点，生意很快就红火起来了。

为了巩固市场，刘军率先在邵东购置了一台全自动验光仪，并推出了给消费者免费验光、免费修配眼镜的服务项目。这些免费服务项目的推出，拉近了和消费者的距离，取得了消费者的信任。

1991年，邵东电视台成立。在那个年代，电视是人们获取新闻信息的重要途径，也是人们消遣时间的主要工具。

一个成功的商人，必须具有很强的广告意识，必须十分重视宣传自家的产品。西方有位企业家说过这样一句话："企业如果只埋头生产而不会做广告，就等于在黑暗中向姑娘打飞眼。"中国有位电商大佬也说过："要是一天没看到我公司的广告，我感觉公司很快就要倒闭了。"由此可见广告是多么重要。

邵东电视台成立不久，刘军即决定去电视台投放广告。在当时的邵东县城，到电视台打广告还是个新鲜事物。对刘军而言更多的是新的想法和敢于尝鲜的态度，人们常说"酒香不怕巷子深"，但他觉得这句话在现代商业社会已经过时了！

作为第一个在邵东电视台投放商业广告的人，刘军一出手就一鸣惊人：豪掷5万元，在邵东电视台的黄金广告时段宣传"军民眼镜店"！在20世纪90年代初，谁要是个"万元户"，在十里八乡绝对是个响当当的人物。而刘军投放广告一年就砸进去5万元，当时很多人很不理解，甚至有人在其背后冷讽热嘲：他怕是赚了点钱把脑子烧坏了吧……

事实证明，刘军的眼光是非常独到的。他大手笔的广告投入，回报也是非常丰厚的。在邵东电视台宣传一段时间后，"军民眼镜店"在邵东成了家喻户晓的眼镜店，人们纷纷涌进他的店里消费。

据刘军回忆：军民眼镜店在邵东打开知名度后，生意异常火爆，他和妻子罗黎明从每天早上八点开门，要一直忙到晚上十点打烊，有时忙到连吃饭的时间都没有。

店子经营好了，财源自然滚滚而来，投入广告的那一年，"军民眼镜店"的纯收入达到20多万元。

也就在20世纪90年代初，邵东举办了首届残疾人运动会。主办方找到了刘军，希望他能赞助这一活动。刘军觉得这样的活动能让残疾人在运动中分享快乐、增强体质，有利于促进残疾人身心健康，因而很爽快地答应赞助一万元。

残疾人运动会圆满结束后，刘军的义举备受赞赏，县里一位领导亲自将一面鲜红锦旗送到刘军手中。接过锦旗，刘军心里暖洋洋的，那一刻，让他深深体会到了付出、奉献的快乐，这种快乐是无可替代的。

相时而动　踏上新的征程

数十万邵东商人遍布全国乃至全球，其成功密码之一就是"亲帮亲，邻帮邻"。绝大部分的邵商，都是草根出身白手起家。创业之初，赊货经营很是寻常。实力强的批发商，便经常赊货给一些小户和困难户经营，大帮小、富帮穷。

刘军的母亲唐少东，在邵东较早涉足工业眼镜批发，产品销往全国各地。曾有很多邵东老乡在她手里赊货卖，其中在广东的客户最多。当时，唐少东为了资金周转顺畅，每一个季度到广东收一次货款。

2005年上半年，刘军奉母亲之命到广东收货款。

在广东市场转了一圈，刘军惊喜地发现，广东有着巨大的市场潜力，尤其是珠三角地区，工厂林立，制造业发达，处处充满生机，充满活力，

⊙佛山市湖南省邵东商会办会宗旨：团结、互助、共赢

邵东人在佛山

处处是激情飞扬、热火朝天的画面。他心动了，决定到广东创业。

因为拥有工业眼镜的一手货源，刘军决定在广东从事工业眼镜批发。他将创业的大本营选在了佛山：一座以工业立市的全国制造业名城。

在佛山，刘军踏上了在改革开放前沿地带创业的新征程。

没有谁的创业之路一开始就平坦宽阔繁花似锦，更多的人都是在夹缝中求生存。要想在珠三角这片机遇无限同时竞争激烈的土地上立足、发展，刘军做好了"扎硬寨，打硬仗"的思想准备。

为了节省开支，刘军刚到佛山时，就在佛山一个镇子上租了一间民房，既是仓库，又是生活起居之所，晚上就睡在货物旁边的一张硬板床上。

脚板底下出生意。开辟广东市场，刘军采取最"笨"同时也是最行之有效的方法：上门推销。那时他还没买车，背着一大包样品坐公交车出行，一有市场就下车。他操着带有浓浓邵东口音的普通话和形形色色的人洽谈。众所周知，上门推销需要强大的心理素质和出众的沟通能力。看人脸色或是遭人呵斥那是家常便饭。广东天气炎热，跑一两个市场后，刘军往往是汗流浃背，口干舌燥。

所幸工业眼镜在广东的确需求量极大，洽谈好之后，他总是第二天就坐公交车去送货。锲而不舍地跑了一段市场后，刘军慢慢积累了一批客户。

用脚步丈量市场，用汗水浇灌销量！一年后，刘军在佛山买下了第一台车——东风风行商务车。两年后，随着业务量激增，他又买了一台货车，雇了一名司机，并在广佛五金城租了一个大仓库。在两年时间里，他跑遍了珠三角地区的每一个镇子，每个镇子都有了他的固定客户。

在销售过程中，刘军发现一个比较头痛的问题，那就是客户的退货较多。而且，客户的退货，大都不是自己销售出去的，而是其他商家的。如果不接受客户的退货，无疑会造成客户流失，而照单全收的话，势必造成自己较大的经济损失。

为了解决这一难题，刘军决定注册自己的商标。2006 年，他回到家乡邵东注册了"民信"眼镜商标。当时，有朋友劝他在广东或是香港注册，这样或许会显得"高大上"一些。但刘军拒绝了朋友的建议，他说：我就是要到邵东注册，大胆亮出"邵东制造"，眼镜是邵东的传统产业之一，同时邵东作为赫赫有名的"百工之乡"，难道连一副高品质的眼镜都制造不出吗？

　　经过十几年的市场检验，"民信"工业眼镜得到了消费者的高度认同。

　　如今，刘军的商业触角也延伸到了焊接、劳保产品、市政工程、体育器材等众多领域。

勇于担当　搭建连心桥梁

　　据有关官方资料显示，在佛山市经商创业的邵东人至少有 5000 人以上，邵东人在佛山投资创办的企业、公司在 300 家以上，其中不乏年产值达数亿元的规模企业。这些邵商分别涉足五金、机械、建材、市政、建筑、酒店、广告等众多行业，他们秉承"敢为人先"的湖湘精神和"善于创新"的邵东智慧，在佛山将事业经营得风生水起。

　　然而，殊为遗憾的是，在 2018 年之前，佛山市一直没有成立湖南省邵东商会。

　　异地商会是同根同源的同籍商人以乡情为基础和纽带形成的互助型的社会自治组织，介于政府与会员企业之间，既可以办单个会员企业办不到的事情，也可以做政府部门不便做的很多事情。

　　成立佛山市湖南省邵东商会，成为一大批在佛山发展的邵商的共同心愿。

　　2017 年 4 月 11 日，20 多位来自佛山五区的邵东籍企业家齐聚南海区黄岐镇的"岐东酒家"，召开第一次筹备会，共商成立佛山市湖南省邵东商会的有关事项。

刘军认为："我们都是改革开放以后融入佛山这座城市的。家乡情怀永远都是所有异地商会需要维系的特有元素，古代的商帮如此，当今的异地商会也同样。成立商会的宗旨是抱团发展；商会一定要强化服务意识，商会对于会员单位，无论是项目资金、子女就学，事无巨细都要提供力所能及的帮助。只有这样，商会才有凝聚力，才有存在的必要。"

第一次筹备会议召开之后，刘军等人就成立商会一事进入了实质性的操作。按照政府部门有关规定：商会应由原籍地在登记行政区域内投资、具有较大影响力和代表性、经营记录良好的企业发起。发起企业不得少于8家，还得有30家以上的单位申请入会，同时要有原籍地人民政府支持成立异地商会并确认发起单位资质。

为了收集、整理成立商会的有关资料，刘军和郑伯平、李哲等主要发起人马不停蹄地奔波于佛山和邵东之间。资料整理是一个细致而烦琐的工作，稍有疏忽，就会耗去大量时间和精力。有一次，刘军拿着会员单位的资料到政府部门盖章，因为对相关流程不熟悉，忙了一整天，结果发现还是少盖了一个公章。为了补盖一个公章，第二天他又耗费了大半天时间。

成立一个商会，看似容易，实际过程却极其复杂。其中，最难的是走访环节。佛山这么大，邵东籍企业零星分布，一部分老乡之间原来的联系并不密切，刘军他们只能一家接一家地走访。在商会筹备期间，刘军几乎没有时间和精力顾及家中的生意，有时妻子难免会有几句怨言。他只能耐心解释：成立商会是众多邵东老乡的共同心愿，也是一件大好事，没有一点奉献精神，怎么能办成这件事呢？

历经大半年时间紧锣密鼓的运作，2017年12月18日，佛山市民政局终于行文批复同意成立佛山市湖南省邵东商会。2018年5月19日，佛山市湖南省邵东商会成立大会在南国桃园枫丹白鹭酒店隆重举行。刘军当选为商会首届会长。他在当天的就职演讲中说道：将为会员企业单位排忧解难，与商会所有成员风雨同舟，以乡情、亲情、友情为桥梁积极开展对外交流合作……

佛山市湖南省邵东商会成立以来，组织了年度盛典、中秋聚会等联谊活动，并在商会内部开展了"邵商经济人物奖"等奖项的评选。凝聚了乡情，提振了精神！商会成立不到两年，已成长为珠三角地区颇具影响力的社团组织。

虽然事业在佛山，但刘军仍心系家乡，关心家乡的发展。商会成立后，每当家乡领导到佛山进行招商或其他活动时，他都全力配合，献计献策。2020 年初，新冠肺炎病毒肆虐。为支持邵东的抗疫工作，刘军在疫情暴发不久后，火速组织了一批价值 6 万元的防护眼镜捐赠给家乡。

总结起这些年的商会工作，刘军只说了一句非常质朴的话：要想做好商会工作，就应该充分发挥纽带与桥梁的作用！是啊，大丈夫"躬身为桥又何妨"！

⊙刘军在商会办公室留影

　　曾兵云，1974年出生于邵东市佘田桥镇，佛山"祥欣铝业"创始人，佛山市湖南省邵东商会第二届会长。

曾兵云：且行且思 思而行远

巍巍湖山，悠悠蒸水，这是邵东的两大山水名片。

邵东境内的蒸水河，是湘江的一大支流。这条河流，滋润了佘田桥、水东江、野鸡坪、简家垄等多个乡镇。据有关史料记载，蒸水河"可通舟楫"，曾经是邵东主要的水运航道之一。蒸水河畔勤劳智慧的人民，曾利用这条航道从事商业活动，"逆流而上，敢为人先"，并涌现出了申承述（荫家堂建造者）这样的邵商巨贾。

邵东阔步向前，正如大河奔流，无分昼夜。江山代有才人出，今日的蒸水河畔，又走出了一大批商业骄子，他们趁改革春潮，在商界纵横捭阖，续写了邵商辉煌。

佛山"祥欣铝业"创始人、佛山市湖南邵东商会第二届会长曾兵云先生，就是一位从蒸水河畔走出来的现代企业家。他出身草根，但不失鸿鹄之志；他每天面对千头万绪的商务，却能静下心来不断参悟不断精进；他人在南粤，仍心系故园。在他身上，有着老一辈邵商吃苦耐劳的勤勉和敢闯敢拼的胆识，同时也有着新生代邵商精准把握市场的敏锐度与洞察力，还有着海纳百川兼容并蓄的胸怀和气度。

朋友圈决定的人生高度

作为 20 世纪 70 年代出生的人，曾兵云这一代人是在革故鼎新中成长的，时代的特征，注定这一代人是承上启下的一代人。时代也赋予了他们施展才华的舞台。

"走出校园后，我就一直想创业，想做生意，而且这种想法非常强烈，但那时候身边没有亲戚朋友引路。最终，我选择了跑货运，当时，跑货运是一份收入较高的职业。"谈起自己的创业历程，曾兵云如是说。

考取驾照，买了货车，曾兵云创富的梦想随着车轮滚滚向前。跑货运时，他将邵东人"吃得苦霸得蛮"的精神诠释得淋漓尽致。为了赚更多的钱，他起早贪黑，不辞劳苦，有时连续开 20 个小时的车。他回忆

⊙蒸水河风光

道：记得有一次，我凌晨五点就出车了，送一车货到衡阳，紧接着又有客户叫我送货去邵阳，那一天，送了三车货，忙完后，已经是第二天早上八点多了。开车回家时，因为太疲劳，总感觉方向盘朝左边偏。

生活向来是公平的，能吃苦，自然有回报。那时候，曾兵云一天的收入，有时高达四五百块钱，这在当时是一般人不可企及的。

尽管凭着自己的勤勉，有了超乎常人的高收入，但一件小事，让曾兵云彻底放弃了跑货运这份职业。跑货运时，曾兵云认识了一位开工厂的老板，一次两人在闲聊时，那位老板不经意地说：今天还算可以哦，销了一批货，赚了一两千块钱。说者无意，听者有心。那位老板的话，让曾兵云大为触动。他觉得自己没日没夜拼死拼活一天也只能赚几百块钱，要想有大的发展，还是要做生意啊！

不久后，曾兵云不顾亲人朋友的反对，毅然将货车转手，开始筹划自己做生意。考虑到邵东是全国著名的小商品集散地，他决定到云南去卖百货。谈起当初自己的这个抉择，曾兵云深有感触，他说：如今回过头来看，我觉得人的交际圈子真的很重要，你接触什么层次的人，注定了你未来的发展，也决定了你能达到的人生高度和层级。人往高处走，就是因为高处有高人，和"高人"相处，能刷新你的观念，能让你清醒地认识自我。有个成语叫作"见贤思齐"，说的应该就是这个道理！这么多年来，我一直努力向更优秀的人靠拢。

在云南经营几年小百货后，曾兵云又辗转来到广西桂林。初到桂林，曾兵云也是做小百货批发。一段时间后，他决定转行。真正的商业高手不会只关注眼前，而是更多地着眼于未来，敏感于市场中每一个信息的变化，见一叶而知秋。曾兵云意识到，桂林小百货批发从业者众多，不但竞争激烈，利润也在日渐萎缩，难以有新的突破和大的发展，必须寻找新的市场机遇。时代在不断变迁，新的行业新的产品在不断演化和革新，只有真正顺应消费需求，才不会被时代淘汰。

通过综合考察，曾兵云敏锐地觉察到，当时的房地产行业蓬勃发展，桂林各种大小楼盘如雨后春笋。住宅小区的大量兴建必然促进装修行业的发展，装饰材料自然需求量巨大。因而，他果断进军装饰材料行业。

行业是有关联性的。进入装饰材料行业后，曾兵云又发现一个巨大的市场商机，那就是门窗产品。门窗一直以来被称为"建筑物的眼睛"，是装潢不可缺少的一部分。门窗产品使用量大，应用广泛，拥有广阔的市场前景。曾兵云顺势而为，转战门窗行业，而且是深耕细作，心无旁骛地做了二十余年。他说："我每进入一个行业，都是经过深思熟虑的，并不是心血来潮仓促决定的。我从商二十多年，所跨越的行业，其实是有着清晰的发展脉络的。进入新的行业，我们都有前期的积淀，事先都是做了'功课'的。凡事预则立，不预则废。这句话我深有体会。"

⊙ "祥欣铝业"仓库一角

事业勃兴背后的三个关键词

从肩挑手提摆地摊到开门店经营，再到创办实体企业，很多邵东商人都是这样一步步做大的，曾兵云也是如此。21世纪初，他开始创办一家集铝合金门窗研发、生产、销售、服务为一体的综合性企业。

曾兵云的铝合金门窗工厂因切入市场较早，很快在市场上稳稳立足，覆盖广西市场后迅速辐射全国。说起那时的门窗销售，他云淡风轻地说了三个字：卖火了！

赫赫战绩的背后，是三个举足轻重的"关键词"的支撑。

第一个关键词是"良心"。做产品就是做良心。关于这一点，曾兵云是这样践行的："我们的门窗产品，从原材料开始，都是严格把关，追求高品质，绝不会为追逐高利润而选用廉价原材料。在制作过程中，我

⊙"祥欣铝业"生产车间一角

们每一道工序，每一个细节都追求零缺陷。为了谋求利润而降低产品品质，是我所不能接受的，也是任何一个负责任的企业家所不能肆意纵容的。如果那样做了，我们的路也走不远。做产品就要做得精益求精，这是责任也是良心，我们只做好产品，良心做人，真心做事。"

第二个关键词是"信誉"。所谓信誉，就是信用和声誉。信用和声誉是相辅相成的，一个恪守信用的人自然会有好的声誉，而一个背信弃义的人无疑遭人唾弃。曾兵云说："我们从小受到的教育就是诚信是立身之本，经商创业后，我更是以此来约束自己。如今，无论是上游的供应商，还是下游的代理商以及公司员工，我们都是以诚相待。很多和我们合作多年的代理商，相互之间的信任可以说深入到骨子里去了。再则，现在是大数据时代，一个人，一家公司，如果失去了信誉，肯定无法在市场上立足的。"

第三个关键词是"信心"。信仰、信念、信心，任何时候都至关重

⊙ "祥欣铝业"生产车间一角

要，是指引和支撑中国人民站起来、富起来、强起来的强大精神力量。关于信心，曾兵云是这样诠释的："我们做企业的，首先要对自己有信心，其次对国家，对这个时代充满信心。我们的企业在发展过程中也不是一帆风顺的，但越是遇到困难，我们越是坚定信心。这些年来，我们不断加大产品研发力度，目前公司拥有 100 多项专利，产品也早已走出国门。"

2013 年，为了满足越来越大的市场需求，同时降低日渐上涨的运输成本，曾兵云在中国铝材之都——广东佛山成立"祥欣铝业"公司，随后对相关产业进行了重新布局，投入了几条铝型材挤压生产线。

唯有耕耘，方得硕果。今日的"祥欣铝业"，其综合实力也展现在一串数字上：6 个大型生产基地、20 年行业沉淀、80 多个合作国家和地区、100 多项专利。"祥欣铝业"的合作伙伴中，也有了"三一重工""中联重科"这样的著名企业。

⊙ "祥欣铝业"生产车间一角

砥砺家国情怀　激发使命担当

　　一玉口中国，一瓦顶成家；家是最小国，国是千万家。国与家，在中国人的语境中，从来都不是孤立的字眼，而是饱含着千丝万缕联系的词语。家国情怀，是中国企业家们独一无二的特质，他们知道自己从哪里出发，也知道自己在哪里扎根。

　　2018 年，一批在佛山经商创业的邵东人，发起成立了佛山市湖南邵东商会，一群同根同源、同心同德的人聚集在了一起。曾兵云在老乡的介绍下，也加入了佛山市邵东商会这个大家庭。在 2021 年 5 月商会的换届中，曾兵云被推选为佛山市湖南邵东商会第二届会长。

　　担任邵东在异地的商会会长，曾兵云既倍感荣幸，又深感责任重大。在他看来，异地商会是以亲情、乡情、友情为纽带，以血缘、地缘、业缘为基础的社会组织。在此基础上，商会成员之间实现互利共赢，抱团取暖。曾兵云说："邵东是藏龙卧虎之地，各类杰出人才层出不穷。在

⊙ "祥欣铝业"模具车间一角

佛山的邵东人，也不乏能人志士。大家能推举我为商会会长，包含大家对我的信任和肯定，我唯有以'感恩、担当'的心态投入商会工作中。"他表示，佛山市邵东商会将为全体商会成员搭建一个新平台，把区域、行业、资金、信息等方面的资源整合起来，大家可以互相交流、互通信息、相互帮助，为促进在佛山的邵东人的事业提供新的契机。商会同时将成为企业联系政府、联络社会各界的桥梁和纽带。

作为在外打拼的邵东人，曾兵云一直非常关注家乡的发展。邵东这些年的发展成就是有目共睹的，令很多在外的游子非常振奋，也让很多在外发展的邵商纷纷回家投资兴业。他表示，如果机会成熟，他也会回家乡投资，在邵东建立铝业生产基地。

凡是过往，皆为序章。曾兵云商海搏浪二十多年来，一直保持一个良好的习惯，那就是行必有思，思而行远。作为企业家，不止看眼前，亦要有诗和远方，更要有思考后灵感的迸发，从而信心满怀地展望未来，追逐未来……

⊙ "祥欣铝业"展品

申德利，1970年出生于邵东市水东江镇，佛山市南海雷恩光电科技有限公司创始人，佛山市湖南省邵东商会执行会长。

申德利：以德生利　寰球亮我亿万灯

中国商道的精髓在于义利相济。

随着时代的发展，新的商业文明逐渐形成。它重新定义了市场经济下商人们应坚守的行业底线。"以德生利"已经成为众多商家的信条，具体而言，也就是商家在追求利润的过程中，扛得起责任，对得起良心！

佛山市南海雷恩光电科技有限公司创始人申德利，正是秉持"以德生利"的经营之道，赚孔子说的"取之有道"的钱，创品牌，树诚信，初心如磐，笃行致远……

人生无捷径　坚守成大器

申德利 1970 年出生于邵东市水东江镇南塘村。高中毕业后，他开始独立面对自己的人生，不再事事依靠父母，而是靠勇气与智慧打出自己的天下。他那时的想法非常简单：先挣点钱减轻家里的负担。高中毕业后他干的第一份活，就是在老家的一条小河里手工捞沙。那时的河沙价格极为低廉，一整天汗流浃背劳作下来，不仅腰酸背痛，手掌也磨出了血泡，但却所获寥寥。

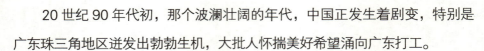
20世纪90年代初，那个波澜壮阔的年代，中国正发生着剧变，特别是广东珠三角地区迸发出勃勃生机，大批人怀揣美好希望涌向广东打工。

在家里捞了一段时间的河沙后，申德利在熟人引荐下，也踏上了南下广东打工的列车。他拥有在当时颇具"含金量"的高中文凭，因而很顺利地进入了佛山一家台资鞋厂。

在鞋厂，申德利从总务课长起步，一步一个脚印做到行政经理、厂长。在那里工作的近8年时间中，他学而不辍，奋进不止，每到一个新的岗位，他就积极转变姿态和角色，带领团队共同进步，一路摸索，一路成长。工作之余，申德利不忘"充电"，在1992年至1996年间，他利用工余时间，参加了深圳大学的成人教育，并取得深圳大学的本科文凭。

1998年，申德利从鞋厂辞职，进入佛山一家大型港资灯饰厂，从此与灯饰行业结下不解之缘。从制鞋行业转入灯饰行业，申德利完成了一

⊙雷恩公司外景

次从零开始的转型，对于全新的行业，他始终保持积极、旺盛的学习热情。从生产主管起步，实现一系列的跨越，最后晋升为厂长。申德利回忆道：在那家灯饰厂，除了营销部之外，我在每个部门都工作过。

短短几年时间，申德利熟练掌握了灯饰产品的生产流程和生产技术，同时对原材料采购等环节也了然于胸。

没有一种成功是一蹴而就的，人生没有捷径，该走的路，一步都不能少。十几年的打工生涯，为申德利日后创业奠定了厚实的基础。

时至 2005 年，据一份统计数据显示，当年中国高校毕业生平均月收入仅为 1588 元，而那时申德利的月薪已经达到 8000 元，成了令人艳羡的高薪一族。

究竟是守着一份高薪安享属于自己的一份岁月静好，还是以壮士断腕的勇气走上自主创业之路？在一段时间里，申德利一直在为这个举足轻重的抉择进行着激烈的思想斗争。毕竟，创业是在一条荆棘丛生、充满未知和不确定性的道路上不断地去探索和发现，没有人能预知结果会是怎样。创业者需要的不仅仅是勇气与不懈的坚持，还需要跟上时代的脚步，跟着改变而改变。

就在申德利举棋不定之际，灯饰厂营销部的一位同事，向他发出了共同创业的邀约。同事和他分析道："你对产品的生产技术和生产流程了如指掌，而我拥有销售渠道和客户资源，目前灯饰行业的市场前景广阔，我们合作，没有理由做不起来啊！"

同事的一番话，点燃了申德利胸中熊熊的创业激情，一种"大丈夫当如是也"的豪情油然而生。是啊，人生能有几回搏？如果一味地瞻前顾后，患得患失，是很难出人头地的。况且，自己和同事优势互补，自主创业的胜算极大。

两人经过一番长谈，决定自立门户。

不久后，两人筹资数十万元，租下一个 500 平方米的厂房，投入一条生产线，专业生产欧式天花灯面环。

建厂后，两人齐心协力，各司其职，工厂一度产销两旺。一年下来，工厂的纯利润达到了 50 万元。

谁无暴风劲雨时　守得云开见月明

创业界有"成功合作者多有相似，而散伙者各有各的不同"这样的说法。一般而言，创业的合作伙伴一拍两散，大都是投资失败之后各寻生路，而申德利和合作伙伴分道扬镳，却是在工厂盈利的情况下发生的。原来，和申德利合伙的同事，因为其独自把控销售渠道，工厂运转一年后，他自己掌握了生产技术，就觉得没必要和申德利合作了！

合作伙伴这个时候提出散伙，对申德利而言，多少有点过河拆桥的

⊙雷恩公司产品展示厅

意味，但他深知强扭的瓜不甜，创业的合作伙伴一旦离心离德，再捆绑在一起的话，那就离相互伤害不远了。

上错了车，别因为投了币而不肯下车，那样只会错过更多的站。他坦然接受了这个并不美好的结局。

初次创业，申德利既积累了经验，也吸取了教训。他深刻认识到：得渠道者得天下，在任何销售行为中都是亘古不变的至上规则。

退出合伙经营的灯饰厂后，申德利考虑过几条创业途径。当时他弟弟在佛山做家具生意，在弟弟的帮助下，他可以进入这个行业，他也考虑过回家乡邵东投资创业，但经过反复权衡，他最终还是决定在佛山开灯具厂。做出这个决定，他说有很大原因是"不服气"。他始终认为，这个世界上，谁离开了谁都能生存，都能发展！

2007年6月，申德利抛开一切顾虑，全身心投入工厂的筹建，租厂房、买设备、购原料、招工人……那段时间，他每天忙得像个飞转的陀

⊙雷恩公司产品展示厅

螺。自立门户创业之后，申德利发现自己的工作和生活永远融为了一体，再也无法分开。一周七天，一天二十四小时，只要醒着，都会自觉或不自觉地思考工厂的问题。

技术人员出身的申德利，很快就将灯饰产品批量生产出来了。

经营好一家工厂，最关键的是做好生产和销售，两者都不可偏废，无论哪一点没做好都走不长远。申德利新创办的工厂，当时的销售网络可以说是一片空白。为了将产品推销出去，此前从未从事过销售工作的他，只好硬着头皮去跑市场。

在一个产品多如过江之鲫的年代，要想迅速打响知名度，在市场立脚，简直比登天还难。市场每天都在上演优胜劣汰的游戏，即使产品和服务做得再好，如果市场推广不给力，还是很难打开局面。当时，申德利既没有充裕的资金投放广告，也没有大量的销售人员实施人海战术，一切都得从零开始。他选择了上门推销。申德利原本就不善言谈，这条

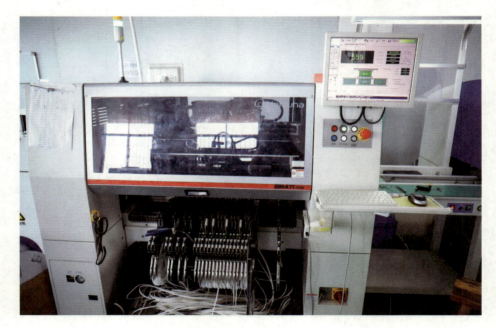

⊙雷恩公司生产车间一角

销售之路走得有多艰辛，只有他自己明白。

当时，他接下的都是一些零星订单，根本维持不了工厂的正常运转。而就在申德利的工厂尚未在市场上站稳脚跟之际，一场更大的考验袭来：2008年，爆发了全球性的金融危机，珠三角地区的实体经济受到冲击。

回忆起那段举步维艰的日子，申德利说："那时压力山大，说心里不着急肯定是自欺欺人的，内心非常焦虑，但我从来没想过放弃！走上创业之路后，我觉得自己肩负的责任更大了，身后是一班跟随自己打拼的兄弟，我不能辜负他们的期望。"

行动是治疗焦虑的良药。虽然市场行情不好，但申德利依然咬紧牙关为企业的发展夯实基础。他花重金聘请了一批外贸业务员，不断参加国内外的展销会，同时将销售的触角伸向互联网，在阿里巴巴、环球资源等网络平台推广产品。

"我做好了熬上两三年的准备！我始终认为，困难只是暂时的，只要

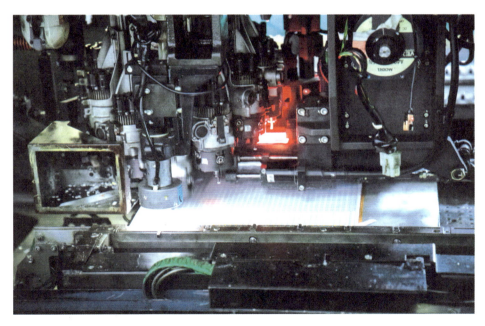

⊙雷恩公司高端设备

坚持，总能守得云开见月明。"

是啊，一个人不惧怕"备受煎熬"，也就"有备无患"了，也就看淡了起起落落，一切都是从容的。

时至 2009 年下半年，申德利终于熬出了头，他的企业一步步走出了亏损的泥潭，实现了盈利。同时，他的企业有了较为成熟的生产管理模式，有了初具规模的销售网络，一切，都朝着理想的方向发展……

擦亮中国制造　问鼎全球市场

先求生存，再谋发展。

企业逐步走上正轨后，申德利开始冲刺更远大的目标，那就是让企业实现品牌化、国际化。2009 年，他注册了佛山南海雷恩光电科技有限公司。

⊙雷恩公司获得高新技术企业等资质认定

因为经常身处市场一线，申德利获悉一条重要信息：欧美很多国家对灯饰产品的需求量非常大，但那里的消费者对产品的安全性要求也非常高。灯饰产品要打入欧美市场，必须通过严格的产品认证，否则只能望而止步。

做产品认证，将自己的灯具推向欧美市场！了解到这一信息后，申德利当即做出这个决定。他深知通过产品认证的产品在同行的竞争中更能突出自己的优势，产品更具竞争力。

国际上的产品认证机构，以美国的 UL 安全试验所、北美 ETL 认证、德国 TUV 技术监督协会等最为权威。申请产品认证，不但手续烦琐，而且耗资不菲。申德利迎难而上，这些年来，他用于产品认证的费用已达到 500 多万元。

付出自有回报。通过产品认证，申德利的雷恩公司产品远销欧美，而且销量逐年递增，企业走上了蓬勃发展的快车道。

⊙雷恩公司先后获得的荣誉

　　产品畅销，申德利并没有沾沾自喜，他居安思危：自己的企业要想在竞争激烈的市场中立于不败之地，必须加大产品的科技含量，必须不断研发具有核心竞争力的产品。他组建了一个十几个人的研发团队，拿出企业每年销售总额的5%，用于科技攻关。这些年来，企业共获得国家知识产权局下发的38项专利授权。

　　申德利说："我们是光电企业，我们的产品是给人们带来光明的，我们的企业也要散发道德的光芒！而诚信是一切道德的根本。"申德利主要是做外贸，和欧美人做生意，恪守诚信尤为重要。

　　申德利曾接到一个美国经销商的订单，货物是嵌入式筒灯。临近交付货物时他了解到，货走海运在经过太平洋时会遭遇台风，肯定会延误交货时间，而走空运的话，这样大宗货物的运费极为昂贵，付完空运的费用，这笔生意不但赚不到钱，还会亏本。但是，申德利认为，契约精神的精髓就是"一言既出，驷马难追"。他毫不犹豫地将

⊙申德利在公司门口

货物通过空运送达美国，此举赢得了客户的赞誉和信赖。

一个灯具的成型，有着五金毛坯、喷粉、电镀、电子组装等多道工序。目前，申德利的雷恩公司已逐渐形成了完善的配套产业链，在自己把控质量的同时节约了生产成本，提高了产能。

卓越的产品品质，顺畅的销售渠道，让雷恩公司在外贸市场占据了一席之地。公司生产的产品，70%以上出口到世界各地，彰显了中国制造的实力与底蕴，也实现了申德利"寰球亮我亿万灯"的宏伟抱负。

"做了十几年的企业，我现在越来越深刻地感受到，从商，就得'德利相通''德利结合'，正好比我的名字：德利，德在利之前，必须在德中取利，德内求财。商业道德最基本的底线就是循规守法、公平守信、一诺千金。与此同时，要承担社会责任，做应该做的事情，把应该做的事情做到位。"谈到自己的经营之道，申德利如是说。

申德利是言行合一的。这些年来，他在捐资助学以及组建佛山邵东商会等公益事业中，都是急公好义，慷慨解囊。

以德生利，德不孤，必有邻。申德利脚下的路将致之千里！

　　郑伯平，1969年出生于邵东市九龙岭镇，广东澳特力工具有限公司董事长，佛山市湖南省邵东商会法人代表。

郑伯平：真诚立世　助人者人恒助之

　　"待人真诚"这四个字虽然简单，但在这个纷纷扰扰的世界，却是对一个人的品质的最大褒奖。"一两重的真诚，等于一吨重的聪明。"真诚地对待别人，可以架起心灵之桥，通过这座桥，打开对方心灵的大门，并在此基础上并肩携手，合作共事。

　　佛山市湖南省邵东商会法人代表、广东澳特利工具有限公司董事长郑伯平，很多与其交往了二三十年的朋友、老乡对他的评价都是"待人真诚"。因为真诚，他乐于和他人分享商机，有钱大家一起赚；因为真诚，他视产品质量为企业生命线，不让客户有后顾之忧；因为真诚，他行事坦荡，在参与公共事务中不谋私利，不杂私心，做到问心无愧，秉持初心不改……

乐于分享　抱团共创未来

　　郑伯平，1969年出生于邵东市九龙岭镇。年少时父亲体弱多病，作为家中长子，郑伯平自然多了一份责任与担当。1986年，17岁的郑伯平开始外出经商：到贵州赶集卖百货五金产品。肩挑手提、赶场卖货这

种经营方式，是很多邵东人踏上经商创业之路的第一步。即便现在是叱咤一方的邵商名流，也曾有过这种经历。在赶场中，有人积累了进一步做大的资金，有人探测到了市场风向，有人锻炼了经营能力。

对郑伯平而言，在贵州赶场的这段经历，更多的是锻炼胆识，开阔视野。他说：我在贵州赶场的两三年时间，赚是赚了一点钱，但都用于父亲治病以及给弟弟妹妹交学费了。那几年的生活，可以说是我商业意识的启蒙吧，让我意识到根据自己当时的状况，只有通过经商来改变命运。

广东那片热土，是郑伯平成就事业的福地。1990 年，已经结婚成家的他，带着岳母资助的几千块钱，赴广州做耗材生意。做过几年耗材生意的他了解到一个市场动态：广泛运用于机械加工行业的电动工具附件市场需求量巨大。因而，他决定主营麻花钻、电锤钻等耗材。

初到广州，郑伯平既没有雄厚的经济实力开店，也没有任何固定客源，一切都要从零开始。他租下一间狭小的民房，既做仓库，又做住房。

⊙ "澳特利"成立以来斩获的荣誉

销售手段则是上门推销，拉着一部装满麻花钻的小拖车，奔波在广州大大小小的五金店、杂货店。

上门推销需要强大的心理素质，因为难免要看人脸色甚至遭到拒绝，上门推销更需要不辞辛劳的奋进精神。郑伯平说："我们那时候推销麻花钻有两大优势，首先是我们的产品都是从浙江那边有规模的大厂家拿的货，产品质量有保障；其次我们是货采源头，有一定的价格优势。"

凭着一部小拖车，郑伯平锲而不舍地叩开了广东五金机电市场的大门，逐渐积累了一批客户，销售量稳步上升。

随着电动工具附件的销量与日俱增，郑伯平开始考虑实行生产销售一条龙的经营模式，他决定去全国闻名的"钻头之乡"浙江乐清市和同行老乡一起抱团发展，携手乐清市芙蓉镇的一位老板，合资创办了一家钻头工厂。在他的理念里，与人分享商机，发展就会越快，要有海纳百川的胸怀，要学会相互合作，强强联合，抱团打天下。

郡东人在佛山

⊙ "澳特利"产品展示厅一角

勇于跨界　主业坚守不懈

生活从不会亏待那些一直努力的人。用借来的几千块钱起步，郑伯平通过 5 年多时间的苦心经营，将自己的事业推上了一个全新的平台。1996 年，他在广州市南岸路建材市场创办了"汇亿五金商行"。作为中国对外交往的窗口，广州是千年不衰的通商港口城市。广州是中国的"南大门"，连接着中国腹地和东南亚。当时，在广州拥有自己的经营门店，就等于拥有了打开国内国际市场大门的钥匙。

"汇亿五金"的经营，郑伯平采取了守店待客和上门配送相结合的方式，很快打开了局面，并一鼓作气在东莞虎门等地开了分店。五金店运作成功后，他鼓励亲友、老乡结束那种散兵游勇式的经营模式。当时，五金市场呈现快速增长趋势，单单依靠散兵游勇式的经营始终成不了大气候，而且不能将五金市场真正做大。

五金生意步入正轨后，郑伯平开始频频"跨界"。他先后投资了娱乐休闲、房地产等项目。他说："我投资这些项目，都是和朋友合伙干。很多项目我只是投资，并没有参与实际经营。"

虽然不断尝试投资新的项目，但对于自己的主业——五金生意，郑伯平一直没有松懈。他有主业，也有副业，即有稳定的收入来源，又能孕育新机会，新发展，所以心态平稳，不急不躁。他始终坚持主业是自己的长线规划，副业是自己的当下。把握好当下，持续做长线，唯有这样才能真正实现自己的人生目标。

2002 年，郑伯平注册了"阪田工具"品牌，并在广佛五金城开设了旗舰店，走上了集耗材产品设计开发、生产、销售于一体的经营之路。"阪田工具"因其品类多，质量好，价格适中，很快打开国际市场。与此同时，郑伯平根据客户需求和市场状况，成立了佛山市南海旭祥塑胶五金有限公司，生产下游延伸配套产品，主营塑胶管件、园林管件、气动管件、电动气动工具附件等。配套企业的成立，让很多客户不用为进购零星配套产品而东奔西跑，轻松实现一站式采购，因而锁定了大批固定客户，同时为公司的销售增长赋能。

郑伯平具有强烈的品牌意识。早在 1997 年，他就注册了电动工具品牌，一直以来，他都怀有塑造品牌的抱负与决心，他认定只有拥有认知度高的品牌，才有可能让企业获得持续发展，并开启一段"诗和远方"。为了进一步强化品牌效应，郑伯平于 2014 年开始运营"澳特利"五金工具品牌。

一个深入人心的品牌，不仅需要卓越的产品品质做支撑，同时也需要运营者赋予其文化内涵。在郑伯平眼中，五金工具不只是一件件冰冷的钢铁物品，它们也是有灵魂有温度的。在"澳特利"的整个视觉系统中，郑伯平采用黄色作为底色，"澳特利"的店面门头、展厅、配送车、产品包装都统一使用黄色。黄色是众多色彩中最温暖的，愉快、耀眼、辉煌，给人充满希望和活力的印象。

"澳特利"五金工具上市后，旋即在五金界掀起了一股"黄色风潮"，短短几年时间，年销售额达到数千万元。谈到"澳特利"的运营，郑伯平很自豪地说："我们在市场开拓中，没有雇请一个业务员。公司旗下的经销商，大部分都是原有的客户以及公司原来的老员工。我鼓励优秀的员工去创业，而且还会提供力所能及的帮助。老员工在公司工作多年，肯定对公司有深厚的感情，他们去开辟新的市场，传播'澳特利'品牌，可以说是彼此成就，皆大欢喜！"

钓鱼是一项广受喜爱的户外休闲活动，它俗能俗入市井，雅能雅到极致，小可怡情，大可养性，古往今来，痴迷者无数。一次偶然的机会，

郑伯平发现一个朋友买的鱼钩，虽然是小小的一枚，却价格不菲。做五金工具出身的他，当即很自信地认为，鱼钩这样的小玩意儿，生产出来应该不难！就这样，他懵懵懂懂地闯入了这个行业，在2016年注册成立了佛山市快箭渔具有限公司。

直到进入渔具行业的生产环节，郑伯平才真正明白什么叫"隔行如隔山"。一枚高质量的鱼钩，有着选钢材、裁丝、磨尖、中切、成型、热处理、电镀等多个工艺流程，可以说"一着不慎全盘皆输"，只要一个环节出现了偏差，生产出来的鱼钩就是残次品。

刚投入生产那一两年，"快箭渔具"出产的鱼钩，总是有这样或那样的质量瑕疵。"不合格的产品，绝不让它流入市场！"郑伯平始终坚守这一信念。生产出来的产品，被他一批又一批否定，当作废品处理。他不断优化工艺流程，更新生产设备，同时组织技术人员进行技术攻关。一番折腾，他在渔具行业交了几百万元的"学费"。

⊙ "澳特利"公司外景

郑伯平说："我是从农村走出来的创业者，我的自尊心非常强，我每做一件事情，都抱定只许成功不许失败的心态，遇到再大的困难，我都会咬紧牙关挺住。"

只要全力以赴地认真做一件事情，终会有成果的。经过两三年时间的不断摸索不断投入，"快箭渔具"生产的鱼钩，既硬又韧，钩尖锋利。经过一家钓鱼协会一大批资深钓友的现场试用，大家一致认为，这种鱼钩的质量，已经能和国内一线品牌鱼钩相媲美了，可以放心推向市场。

得到了专业人士的认可，郑伯平心里有了底气，开始带着自己的渔具产品参加全国各地展销会。为了迅速提高产品知名度，他出手不凡，在一次全国性的渔具展销会上，他赞助价值十万元的产品给主办方，取得了良好的广告效应。此后，订单源源不断地涌向公司。郑伯平表示：随着渔具产品的生产销售渐入佳境，自己将在这一行业持续投入，将其培育成自己事业版图中的重要部分。

敢于担当　助学传递爱心

曾有人总结过，这个世界上有四种人：经营自己也经营别人的人；经营自己不经营别人的人；不经营自己而由他人经营自己的人；不经营自己也没有人来经营自己的人。第一种人会成为政治家、企业家、管理者；第二种人会成为作家、艺术家或专业技术人才；第三种人会成为一名踏实、守纪的基层工作人员；最后一种人是废人。

作为一名白手起家的企业家，随着财富的积累，郑伯平对人生对企业的经营，都有了自己的认知，他说："我们把企业做大，挣钱、交税、发展，最终还是要回报社会的。"

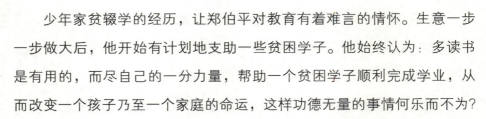

少年家贫辍学的经历，让郑伯平对教育有着难言的情怀。生意一步一步做大后，他开始有计划地支助一些贫困学子。他始终认为：多读书是有用的，而尽自己的一分力量，帮助一个贫困学子顺利完成学业，从而改变一个孩子乃至一个家庭的命运，这样功德无量的事情何乐而不为？

郑伯平从不希望受助学生对自己个人有任何回报，只希望他们能懂得感恩，在学有所成之后能回报社会，传递爱心接力棒。每年正月初一，郑伯平资助的几位学生都会第一时间发信息来拜年感恩，这让他非常高兴和欣慰。

2018年4月，从邵东市九龙岭镇走出去的商界精英，倡导成立九龙岭镇爱心助学协会。商界精英推动爱心助学，是"乡贤文化"在发挥重要作用。"乡贤文化"根植乡土、贴近性强，蕴含着见贤思齐、崇德向善的力量。作为土生土长的九龙岭人，郑伯平自是积极响应这一倡导。

⊙郑佰平（右）在爱心助学现场

在同年 11 月 6 日九龙岭镇爱心助学协会成立仪式上，郑伯平被推选为执行会长。

九龙岭镇爱心助学协会的一位副会长说，郑伯平为爱心助学协会的成立做出了很大的贡献，他不但捐了爱心助学款，还在筛选捐赠对象等具体烦琐事务中奉献了大量的时间和精力。

而在 2017 年，郑伯平、刘军、李本财、郑为民四人发起成立佛山市湖南省邵东商会。在此过程中，郑伯平破解了商会筹备过程中的各种专业难题，特别是为了发展商会会员以及办理相关手续，可谓尽心尽责，不遗余力。

真诚相待，方得始终！郑伯平以一颗真诚之心处世、创业，广种善缘，广结人缘。他脚下的路，将越走越宽广……

邵东人在佛山

姚程翔，1969 年出生于邵东市简家陇镇，广东炬盛新材料科技有限公司董事长，佛山市湖南省邵东商会常务执行会长兼监事长。

姚程翔：至朴至真　行致高远

"大道至简，实干为要。"这是一条质朴的哲理。事无论大小，都是靠脚踏实地、一点一滴干出来的。做人做事，最怕的就是只说不做，眼高手低。唯有埋头苦干者，执奋斗之犁铧一路勇毅笃行，方能换取春华秋实。

广东炬盛新材料科技有限公司创始人姚程翔，在其几十年的创业、处世当中，始终保持实干的姿态，抱定逢山开路遇水搭桥的决心，从邵东到佛山，不断精进，不断沉淀，不断积累，从而厚积薄发。

少年无畏　上下求索风雨路

姚程翔 1969 年出生于邵东市简家陇镇兴隆岭村。在那个年代出生于农村的人能够选择的出路不多，最有前途的莫过于通过读书跃出农门，但寒微的家境封堵了姚程翔的这一出路。读初中时，尽管成绩在全校名列前茅，但父母未能及时为他缴纳学费，老师一再催讨时，让年少的他倍伤自尊，因而辍学离校。

辍学之后，遗憾终归是过去，未来还得继续。1983 年，年仅 14 岁的姚程翔，以自己的瘦弱之躯，向命运发起抗争。那一年，位于简家陇

⊙碧波荡漾的水库，凝聚了很多人巨大的心血

镇境内的合兴水库修建倒虹吸。当时没有便利的公路直达工地，诸如河沙石块水泥等建筑材料都依赖人工挑运，姚程翔也加入了这一施工队伍。他说：一担砂石，最少有 120 斤重，要挑 2 公里远，一天要挑20担，一天的工钱是四块三毛钱。

这种高强度的体力活，对于刚步出校园的姚程翔而言，自然是严峻的考验。负重前行，举步维艰，刚开始那几天，重担将肩膀压得红肿，每走一步，都钻心地疼痛。挑完一天砂石之后，整个身子似乎散架了一般，但他还是默默咬紧牙关坚持了下去。

挑砂石对年少的姚程翔而言，只是劳其筋骨而已。在修建合兴水库的倒虹吸工程中，他还经历了一场更大的磨难。倒虹吸主体工程完成之后，还需要在管壁上用水泥浆涂刷一层，以防渗漏。姚程翔身材瘦小，便于作业，接下了这个活。390 米长的倒虹吸管道，他躬着身子在里面干了近十个小时。由于没有采取任何防护措施，高标水泥腐蚀了身体，当天，全身不少部位的皮肤开始溃烂。几天后，大腿、臀部、后背都溃烂得血肉模糊。父母心急如焚，四处为其寻医问药，但都收效甚微。

正所谓吉人天相。正当姚程翔的病情一天天加重时，父母辗转找到了一位退伍的老军医。在老军医的精心治疗下，整整卧床 25 天的他终于得以痊愈。

累累伤痛是生活给人最好的东西。谈起年少时经历过的苦难，姚程翔不胜唏嘘，他说："这些历练，让我更深切地体会到生活的艰辛，即便后来事业有了起色，我也不敢懈怠，不敢浮躁，非常珍惜这来之不易的一切，因为，只有经历过苦难，才懂得生活的美好！"

20 世纪 80 年代，各种规模的乡镇企业在全国遍地开花。那时邵东简家陇镇也有一家农机厂。1987 年，姚程翔进入简家陇农机厂工作，负责采购工作。进厂工作一年，因兢兢业业，且能力突出，第二年他就被评为县里的先进工作者。当时的简家陇镇的主要领导对他非常器重，极力推荐他担任乡企业办主任，但他婉拒了镇领导的好意，继续在乡镇企业扎实做事。

1993 年 3 月 29 日，第八届全国人民代表大会第一次会议通过了宪法修正案，将社会主义市场经济写入宪法，民营企业随之风起云涌。也就是在这一年，姚程翔顺势而为，开始了自主创业。他在简家陇创办了一家铸造厂，主要业务是为中国第一纺织厂生产机械配件。

转战南粤　兄弟携手展宏图

2003 年，在老家邵东经营了十年铸造厂的姚程翔，奔向了一个更大的人生舞台。那一年，他在广东佛山发展的哥哥姚颖，在佛山三水大塘

⊙位于三水工业园区内的广东炬盛新材料科技有限公司

工业园购买了200亩土地，准备创办一家纺织印染企业，这就是日后产品畅销全球的"佛山三水佳利达纺织印染有限公司"。

"打虎亲兄弟"，创办一家企业面对的问题千头万绪，实属不易，因而姚颖力邀弟弟到佛山共创未来。姚程翔放弃在老家经营十年的事业，到佛山殚精竭虑辅佐哥哥创业。如今，姚颖创办的佳利达公司已成为佛山三水大塘工业园区首屈一指的龙头企业，涉足纺织印染、热电、污水处理、自来水供应等多个业务领域。在这辉煌的背后，姚氏兄弟齐心协力，其利断金，在当地更是传为佳话。

佛山三水大塘工业园是全国高新技术开发区，也是广东省九个"可持续发展实验区"之一，并被某外国银行评价为"珠江三角洲最具发展潜力的工业区"。如今的大塘工业园，交通便利，绿树成荫，繁花似锦，与开发之初相比，可谓"换了人间"。姚颖在接受《南方日报》记者采访时曾说，大塘工业园刚开发时"一片荒凉，周围都是农田，路窄得甚至连车都开不进去"。而据姚程翔回忆："我们刚入驻大塘工业园时，这里大部分都是荒山，没有一棵树可以遮阴的，道路没有硬化，晴天车辆一过尘土飞扬，雨天泥泞不堪。"

尽管如此，这仍然是一片孕育希望的土地。姚程翔说："我非常钦佩哥哥的前瞻性眼光，他能敏锐地洞察十年乃至二十年后的发展趋势，从而做出投资决定。无论是他决定入驻大塘工业园还是后来投身环保事业，都验证了这一点。"

来到佛山后，姚程翔最初负责企业的基建。创业之初，千难万难，条件极为艰苦，姚程翔带领一班人就住在简易工棚里。广东天气炎热，工棚里更是像蒸笼一般闷热，即便坐着不动也汗水四溢。十来个人，一天要喝掉十七八桶大桶矿泉水。当时的大塘工业园，外来人员极少，大都是说广东白话的本地人。

2006年2月，经过几年时间紧锣密鼓的基建，佳利达正式建成投产。作为一家志在问鼎全球市场的纺织印染企业，佳利达大手笔投入，高标准建设。他们从日本购进喷气织布机、丝光机、退浆机，从德国购入预缩机、定型机、整经机、浆纱机，从香港购入高勋染缸，打造起一条集染纱、织布、后整理、制衣于一体的先进生产线，成为高档纯棉色织布料生产商。

高质量的产品自然能够开辟大市场，来自欧洲、北美和日本等国家和地区的订单纷纷涌向佳利达。

在高歌猛进之际，佳利达也遇到过发展瓶颈。进驻大塘工业园初期，园区内污水处理厂日处理能力只有9000吨，自来水厂日供水量仅2万吨，难以满足园区内企业增加投资、扩大产能的需要。为了保障生产，他们只能自建锅炉供应蒸汽，生产成本极高，当时仅污水处理一项，日开支就高达20万元。

严峻的现实推动着佳利达走上转型之路。姚颖再度出手，砸下重金

收购热电厂、污水处理厂和自来水厂。转型意味着阵痛，首先，涉足能源这一领域投入巨大，在初期并没有相应的回报；其次，热电、污水处理等方面的技术攻关也是横亘在他们面前的一道难题。在不断投入重金之余，他们又积极寻求产学研对接，与中国科学院广州能源研究所、华南理工大学环境工程学院等科研院所密切合作，并取得不少突破性进展。

伴随大塘工业园配套的完善，进驻企业开始明显增加，尤其是各类纺织企业的集聚效应逐渐显现出来。佳利达通过供水、供热和污水处理业务的多元化拓展，消除了园区内大小企业发展的后顾之忧，而佳利达亦借此找到新的利润增长点，实现了从纺织染印的单一业务到供水、供热和污水处理业务多元化经营的华丽转身。

所有光鲜的背后，都离不开负重前行的坚守！自 2003 年到 2008 年，在姚程翔的日常中，没有双休日，没有节假日，也很少能在凌晨两点之前睡觉。特别是在佳利达涉足供水供热和污水处理业务之后，他几乎是全天候待命，一旦有应急业务，他都是第一时间赶赴现场处置。

大道至简　三千繁华归朴素

佛山是一片投资创业的热土。从邵东转战佛山后，姚程翔就被佛山浓厚的创业氛围所感染，在协助哥哥姚颖创建佳利达公司之余，他也没有停止创业的脚步。到佛山不久后，他了解到佛山陶瓷在中国的陶瓷行业中拥有举足轻重的地位。佛山陶瓷历史悠久，佛山瓷砖在世界范围内都占有重要的一席之地。姚程翔与人合作成立了一家陶瓷公司。公司全线引进德国、意大利等国家较先进的陶瓷机械设备和整套生产线，生产高端瓷砖和卫生洁具等产品。

时至 2008 年，佳利达公司经过几年时间的成长，管理非常规范，建立了较为完善的现代企业制度，并引进、培养了一批高素质的职业经理人。从佳利达公司烦琐的管理事务中抽身之后，姚程翔在佛山创业的步子迈得更大了。他先后创办了佛山市三水吉临织带印染有限公司、广东炬盛新材料科技有限公司等多家企业。

十几岁进乡镇企业，二十几岁自主创业以及后来赴佛山发展，一路走来，几十年的经营历程，让姚程翔奠定了自己的创业理念。

首先，他觉得做企业，一定要注重科技创新。企业要生存、要发展，一定要有自己的核心竞争力。而企业的科技创新能力是企业核心竞争力的基础。科学技术是第一生产力，姚程翔对此有着深刻的切身体会，因而他经营的企业、生产的产品都有较高的科技含量。他的广东炬盛新材料科技有限公司已先后申请了十几项专利。

其次，他觉得创业过程中，单打独斗不如抱团发展。一个成功的企

⊙姚程翔滴酒不沾，得闲时便犒劳自己一杯茶

业家，必须胸怀广格局大，能吸纳优秀人才，注重组织能力，能整合各种资源。大树底下不长草，独木难成林。企业家如果只注重技术和产品，不能礼贤下士，不了解人的需求，就没有优秀人才愿意追随他。在姚程翔的合作伙伴中就有着博士后等专业人才，他和这些在某个领域出类拔萃的顶尖人才合作愉快，携手共赢。

南怀瑾大师说过："人生应该追求两个简单，一是物质生活简单，二是人际关系简单。"不贪婪，才有福气；不圆滑，才会顺利。一个人如能领悟这两个"简单"的道理，往往顺风顺水，福气不请自来。数十载的克己奋发，让姚程翔在创业路上收获了累累硕果。事业有成后，他依然保持质朴本色，而且是那种极致的质朴。他衣覆平平，不事张扬，黝黑的脸上时常挂着和善的微笑，面无骄色，谦恭有加。数十载的生活历练，让姚程翔选择了删繁就简、质朴归真的生活方式。

⊙三水工业园区一角

⊙姚程翔笑谈过往

　　关于企业经营，他言简意赅地概括：做企业，就是做人，人做好了，企业自然会走上良性发展之路。

　　而关于人生，他也有着自己的感悟，他说："我兄弟俩都是从邵东一个偏远山村走出来的，遇上改革开放这千载难逢的机遇，在广东佛山创业并有所成就。我们兄弟始终怀着感恩之心，感恩这个时代，感恩这个社会。今后，我们努力的方向就是以发展企业来造福社会，借此实现自己的人生价值！"据有关媒体统计估算，姚氏兄弟的企业近年来向社会捐献的涵盖助学、环境治理、抗疫等各种资金，已高达数亿元。

郑为民，1966 年出生于邵东市九龙岭镇，广州市雄虎工具有限公司董事长，佛山市湖南省邵东商会执行会长兼监事长（第一届）。

郑为民：永不言败　岭南雄虎啸八方

　　曾有人总结归纳了四大"邵东精神"：白手起家，艰苦奋斗的创业精神；不等不靠、自寻出路的自主精神；闯荡天下、四海为家的开拓精神；敢为人先、善于创新的创造精神。其实，在邵东人身上，还有一种至为关键的百折不挠、永不言败的不屈精神。他们任何时候都保持一种不退、不怕、不弱、不甘、不服的精神。

　　永不言败，才能立于不败之地。前进的路上总会遇到荆棘坎坷、激流险滩，跌倒并不可怕，可怕的是没有勇气和信心继续前行。如果在困难面前只是悲观气馁、怨天尤人，那么终将一筹莫展、一事无成。相反，如果能够直面困境、正视危机，坚持积极思维、砥砺前行，那么必将克难攻坚、奋发有为。

　　广州市雄虎工具有限公司董事长郑为民，在改革开放之初就勇敢闯出去，成为当时令人羡慕的"万元户"，但此后接连遭遇货物被没收、办工厂亏损、店里货物被盗窃一空等挫折，一次次回到原点，又一次次从头再来，经得起磨砺、顶得住压力、打得了硬仗。"历经万般红尘劫，犹如冷风轻拂面"，郑为民最终在广东创下响当当的"雄虎"五金工具品牌。

地摊起步　跻身第一代"万元户"

1983年，中国的改革开放进入第6个年头。神州大地万象更新，生机勃勃。在这个年代，地处内陆的邵东，已经有很多人"洗脚上岸"，踏上了经商创业之路。那一年，17岁的郑为民，揣着700块钱的本钱，在邵东进购了一批小百货，跟随姨妈上云南省昆明市摆地摊。

昆明市的青年路，在改革开放之初，是这座城市最繁华的街道，是云南的小商品集散地。这条街道，曾在20世纪80年代成为培育"万元户"的沃土。当年，郑为民就是在昆明青年路摆地摊。

郑为民说："那时候，商品相对来说比较匮乏，我从邵东贩运过去的一些小百货，对当地人来说都是稀罕货，根本不愁卖，只要勤劳，只要吃得苦，就能发财。"

⊙郑为民在办公室留影

短短两年多时间，郑为民通过在昆明青年路摆地摊，成为村里最年轻的"万元户"。那个年代，"万元户"是很多家庭的奋斗目标。通过自己的努力，郑为民跻身第一代"万元户"行列。

成了"万元户"，郑为民并没有裹足不前，他始终在继续寻找商机。一次偶然机会，他听朋友说电子手表在云南非常畅销，而且利润丰厚。得知这一信息后郑为民心动了，继而去寻找货源。不料，这一次让他踩了个大坑。当他进购了8000多块钱的电子手表前往昆明销售时，被当地工商部门查处，因"货物来路不明，采购手续不齐"，货物被全部没收。

一夜之间损失8000多块钱，对那时的郑为民来说是一个沉重的打击。那笔钱，凝聚了他两三年时间起早贪黑的辛劳。

跌一跤，爬起来，路还要继续走。在云南的生意失利后，郑为民又凑了一笔钱，和两个朋友合伙在邵东开起了化工厂。当年开化工厂，他们既没有掌握什么核心技术，也没有销售网络，同时也没有什么管理经

⊙雄虎工具位于易发市场的销售门店

验，完全是凭着一股创业激情干起来的。这样创业，结局自然不容乐观，苦苦支撑一年多后，化工厂无奈关张。

接连两次生意失败，并没有让郑为民感到沮丧。他说：那时候人年轻嘛，输得起，最不缺的就是时间和冲劲。只要自己敢拼敢闯，何愁不翻身？

1989年，已经结婚成家的郑为民，决定稳打稳扎，再次从小生意做起，带着妻子魏桂连前往广东韶关的乐昌市，摆地摊卖百货。

1993年，在乐昌市摆了三年地摊后，在广州天平架五金市场做五金批发的舅舅邀请夫妻二人到其五金店帮忙做事，郑为民终于进入了此后将为之打拼奋斗数十年的五金行业。在这个行业里他也经历了不少风风雨雨，但终究有了前进的方向。

虽然是帮舅舅打工，但郑为民做事非常用心。他认为：进入一个行业，要从小事情做起，多问多听多干多想，要深入市场、理解行业。

两年后，郑为民开始自立门户做起了五金生意，主营五金钻头。当时，他没有足够的资金租门面，便在广州租了一间民房，既当仓库又做住房，采取的经营方式则是上门推销，每天背着沉重的样品，顶着毒辣辣的太阳，走东家，串西家，汗水洒遍了广州的大街小巷。这样做了大半年后，郑为民的生意慢慢有了起色，也攒下了几万块钱。

正所谓"时来天地皆同力，运去英雄不自由"，正当郑为民准备甩开膀子大干一场时，生活又捉弄了他。一天，郑为民两口子外出推销货物时，几个毛贼乘虚而入，将他价值数万元的货物全数盗走。

望着空荡荡的仓库，那一刻郑为民真的是欲哭无泪！所幸，贤淑善良的妻子给了他莫大的慰藉与支持。妻子说：遇到这样倒霉的事，只能看开点，反正我们现在有了一些客户，你再回老家邵东去借点钱来，我们接着干，留得青山在，不愁没柴烧！

⊙郑为民参加中央电视台广告签约仪式

回忆起和妻子风风雨雨走过来的几十年，郑为民感慨良多，他说："妻子永远是我人生中最强有力的后盾，真正是有盐同咸，无盐同淡。我后来能闯出一点事业，离不开她的默默付出。"

背水一战　抢占市场先机

如果你因错过月亮而流泪，那么你也将错过群星。广州的仓库失窃后，郑为民无暇去怨天尤人，他赶回邵东，找亲戚朋友借了两万块钱，回到广州继续做五金工具推销。

人一生的运势并不是一成不变的，在人的一生中，会出现不少改变命运的机会，但这样的机会是稍纵即逝的，一旦没有抓住，就会永远失之交臂。

自 20 世纪 90 年代初始，广州南岸路环翠园市场一带云集了全国数千家生产厂商的五金产品，自发形成全国闻名的四大五金批发市场之一。1997 年底，郑为民发现环翠园市场有一间门面招租。那个门面地理位置

优越，但面积非常小，只有 8 平方米，而且租金昂贵，每个月要 5000 元，同时还要付好几万元的进场费。

看到这间门面在招租，郑为民当即怦然心动。他凭着在广州跑市场多年积累的经验，认定拿下这间门面做五金批发绝对能大有作为。毕竟，在没有电商冲击的当年，广州的市场辐射能力在全国是首屈一指的。

当时，郑为民手头没有充裕的资金来开店，他决定邀请一位亲戚合伙经营，但那位亲戚接受不了这间门面昂贵的租金和不菲的进场费，觉得风险太大。亲戚不愿合伙并没有动摇郑为民开店的决心，他始终认为只有高投入才会有高回报，他决定放手一搏。

倾尽当时的全部身家，再东挪西借，郑为民终于将批发店开了起来！

郑为民的判断与投资是准确的！在广州环翠园市场拥有一间黄金位置的门店，无疑就拥有了巨大的流量入口，财源滚滚而来自然是水到渠

⊙ "雄虎工具" 旗舰店

成的事了。他的五金批发店开张后，迅速门庭若市，每天来店里拿货的人排起了长队。开店一年多后，郑为民就赚到了上百万元。

赚取了人生的第一桶金，他还要实现自己更宏大的梦想。环翠园市场的批发店取得成功后，郑为民又乘势而上，先后在佛山市广佛五金城、佛山南国小商品城、广州瀛富建材城开设门店，迅速扩张，抢占市场。最初，他店里的主打产品是各种型号各种规格的螺丝刀，经营规模扩大后，他又奔赴浙江、江苏、山东等地，寻找一些优质的五金生产厂家，和他们开展合作，不断充实产品种类。这也为他日后进行品牌化运作奠定了坚实基础。

时至 2002 年，五金工具市场的竞争日趋激烈，甚至出现了无序竞争、过度竞争。五金工具品牌化运作势在必行。也就在这一年，郑为民注册了"广州雄虎工具有限公司"，推出了"雄虎"品牌。雄虎者，雄姿英发，虎虎生威！这个霸气的品牌名称折射出郑为民问鼎全球市场的雄心。

一个优秀的品牌，就是形象与品质的完美结合。推出"雄虎"品牌后，郑为民聘请专业公司对"雄虎"工具进行了全方位的形象包装，建立了一套完整的品牌视觉系统。对于工具的品质要求，他更是精益求精。他说，我既然选择了运作品牌，就不可能因为产品质量问题而砸自己的招牌。

成功转型为品牌运作后，"雄虎"工具高歌猛进，在国内外市场开疆辟土，先后在湖南、海南、广西、福建、云南等地发展了经销商，同时将产品出口到越南、柬埔寨、老挝等多个国家。

"雄虎",成了一个畅销近 20 年的工具品牌。

与人为善　情系桑梓爱无声

郑为民十几岁开始涉足商海,其间经历过不少风风雨雨起起落落,可以说是尝尽人间冷暖,看透世态炎凉。然而,真正的勇者,在看透了生活的真相后,依然热爱生活。

熟悉郑为民的人都说他是一个非常重情义的人。在广东经商几十年,他帮助过的人难以计数,借三五万乃至十几万给别人是常事,而对于他认可的人,借几十万他都毫不犹豫。曾有一位邵东老乡到广东开店,因资金短缺找到了郑为民,郑为民在自己现金流也很紧张的情况下,居

⊙雄虎工具产品展示厅一角

然用自家的房产做抵押，帮那位老乡贷款 50 万。他常说，人的一生难免会遇到难处，能帮助一个人走出困境，也是一件快乐的事。

一方水土养一方人，每个人的血管里都流淌着故乡热土的基因。郑为民外出经商几十年，但浓浓的乡音始终未改，悠悠的乡情分毫未减。在他心中，有着挥之不去的家乡情结。

郑为民在广东做五金工具批发，因拥有庞大的销售网络，销量巨大。家乡邵东很多五金工具厂家找到他，希望他能帮忙销售。郑为民在要求家乡厂家保证产品质量的基础上，不惜以削减自己的销售利润为代价，不遗余力地推广邵东出产的五金产品。能为"邵东制造"走向全国乃至全球尽自己的一份绵薄之力，他觉得何乐而不为！

支持家乡，助力家乡发展，是把热爱家乡的情怀落到实处的表现。生意蒸蒸日上之后，郑为民不断为家乡慷慨解囊。

2003 年，邵东九龙岭的一座寺庙修缮，郑为民即捐资 3 万多元。

2014 年，全国工商联成立"五金机电商会青年企业家委员会"，郑为民的雄虎公司成为"副会长单位"。

2018 年 4 月，从邵东市九龙岭镇走出去的商界精英，倡导成立九龙岭镇爱心助学协会，郑为民积极参与，出钱出力，并被推举为常务副会长。

2018 年 5 月，佛山市成立湖南省邵东商会，郑为民是主要发起人之一。在前期筹备的大半年时间里，他几乎是抛下了公司的生意，四处奔走，为商会的顺利成立无私付出，并当选为执行会长兼监事长。

2019 年，郑为民在佛山与人合作成立了"道道通五金商城"，商城因其专业性、便捷性备受顾客青睐，同时凭借着中央电视台的大力推广，商城的销量节节攀升。

干事业永不言败，待朋友掏心掏肺，做公益责必担当，这是郑为民的为人处世之道，或许，这也就是他的成功密码……

王延珍，1975 年出生于邵东市九龙岭镇，佛山市中亿信焊接材料有限公司董事长，佛山市湖南省邵东商会执行会长。

王延珍：我走我路　心平浪定笑等闲

人生就是一场不停奔跑的旅程，这个过程中有变幻无穷的各种赛道。为了跑得更远，跑得更快，跑得更精彩，有人不断选择新的赛道。

对佛山市中亿信焊接材料有限公司董事长王延珍而言，经商，曾是他选择的一条全新的人生赛道。十几年前，他跳出舒适圈，到佛山接手父亲王丰庭的一爿小五金店，尔后建公司，创品牌，专注于焊接材料领域的深耕细作，逐梦远方……

潜移默化　播种梦想

在王延珍少年时代的记忆里，父母总是很忙，总是匆匆归家，匆匆离家。在邵东九龙岭镇那个叫秀龙的小村庄，年少的王延珍很多时候会望着连绵的山岭和孤寂的油灯发呆。

那是 20 世纪 80 年代，父母已经在离家千里之外的广东佛山摆地摊。暑假被父母从邵东带到佛山的王延珍至今还清晰记得，那时佛山尚没有五金市场，父母就在佛山汽车站附近的天桥上或公园旁摆地摊，卖千斤顶，卖五金工具，风里来，雨里去。

⊙虽然离家多年，但家乡风景秀丽的黄家坝水库，时常出现在王延珍的梦里

年少时，王延珍最期盼的日子就是星期天，不仅因为这一天是休息日。20世纪90年代初，邵东九龙岭镇的毛家栗山五金市场逢周日赶集。每到周日，父亲便会从佛山赶回毛家栗山进货，王延珍便会跟随父亲去市场做个小帮手。中午时分，父亲会在集市上给他买上两毛钱一份的热气腾腾柔嫩爽口的米豆腐。到如今，尝尽人生百味、看尽世事繁华的他，依然难忘那碗米豆腐的滋味。

邵商从"地摊经济""扁担经济"起步，他们起早贪黑，栉风沐雨，为做生意吃尽了苦头。王延珍的父母也是如此。20世纪90年代初，邵东到广东佛山的物流非常不便利。他至今记得，父亲那时候从邵东毛家栗山进了货，货物转运到广东佛山，必须通过衡阳火车站的铁路运输。进好货后，父亲从邵东租一台大型拖拉机，一路颠簸十几个小时才能赶到衡阳。

父母对孩子的影响是潜移默化而且巨大的。自幼目睹父母走南闯北做生意，这对王延珍的影响巨大。他笑谈："我学生时代其实没有什么宏大理想，根本没想过要当科学家、艺术家之类的，我想读完高中就去做生意，我觉得做生意挺好的。"父母那时也许根本不知道，自己已经在儿子心中播下了创业的梦想种子。

然而，父母当初对王延珍的人生规划是希望他跳出农门，找一份体面稳定的工作。因为不想儿子走自己这条遍布艰辛的经商之路，父母对王延珍的教育投入一点也不吝啬。读初中时，父母想方设法将他送进了教育质量在当地首屈一指的湖南省重点中学——邵东三中。父母忙于生计没有充裕的时间陪伴儿子，但拼尽全力给儿子最好的求学环境。

1993 年，王延珍应征入伍，赴山东某部服役。三年的部队生涯，不仅丰富了他的人生阅历，更磨砺了他的身心。1996 年退役后，王延珍又回到学校就读，并于 1997 年考取了湖南武装学院。

大学毕业后，王延珍进入政府部门工作。这一切，正如父母所愿。父母就是希望儿子拥抱这种稳稳的幸福。

选择远方　风雨兼程

你愿意在庸庸碌碌中度过一生，并安慰自己平凡可贵，还是愿意为了一个绚烂的明天，让自己披荆斩棘踏浪前行？在政府部门工作几年后，王延珍一次次思索这个问题。

他想走出体制自主创业，不是不满意薪酬，也不是疲于人际关系，而是那种按部就班的生活让他感觉不到快乐，因为他知道这样的生活终会让他慢慢地失去所有鲜活，会让他看到 10 年乃至 20 年后的自己。他想经历更多的生活，他想掌控自己的人生。

王延珍将自己想离开单位到佛山经商的想法告诉父母后，父母当即竭力反对。他知道：父母的出发点是为自己好，但不一定是对的。因为认知和格局的限制，父母肯定无法理解自己的想法。

跳出体制要趁早！不要等到自己的创造力、竞争力消磨殆尽的时候，才发现自己已经没有走出去的勇气了。2008年3月1日，王延珍力排众议，毅然来到了佛山，踏上一条风雨兼程的创业之路……

王延珍在佛山的创业之路，是从接手父母的一间五金店起步的。那时父母年事已高，经营思路已经落伍了，但凭着多年积累的不少客户，父母的"中果五金焊材店"生意还能不温不火地做下去。

经营"中果五金焊材店"，王延珍首先就做了一件令人大跌眼镜，并被旁人认为是"离经叛道"的事。当时佛山的五金市场，存在一个大家心照不宣的"行规"：焊材普遍存在缺斤少两的现象，一件号称20公斤的电焊条，实际往往只有18公斤。

生意不能这么做！了解到这样一个令人不齿的市场"行规"后，王延珍决定打破这种局面。不少人都知道：中国老秤为16两一市斤，因为古人将北斗七星、南斗六星及福禄寿三星共16颗星比做16两，意喻

⊙ "中亿信"焊材门店

商人做生意要讲德行，不能缺斤短两耍手腕，克扣一两减福，克扣二两损禄，克扣三两就折寿。这个典故反映出古人对诚信的重视，并确信缺斤短两的行为就是缺德。

"本店只售净重 20 公斤的电焊条！"为表明自己的态度，王延珍在自家店内贴出了这样一纸"告示"，以这种简单粗暴的方式，发表了自己的诚信宣言。

王延珍这一举动，好似在平静的湖面投下了一颗石头，激起了阵阵涟漪。当时，在店里帮忙的舅舅劝诫他说，整个市场绝大部分人都是将 18 公斤的货冒充 20 公斤的货卖，别人比你足称的货便宜 10 块钱一件，我看你怎么竞争得过别人，这样下去你在佛山待不长久的，不出三个月你就要卷起铺盖回邵东！

面对长辈的担忧，王延珍不愿做太多的解释，他深信客户心中也是有杆秤的。半年后，"中果五金焊材店"的客户越来越多，销量也大幅提升。尤其令人欣慰的是，一段时间后，佛山五金市场里那些缺斤少两的电焊条销声匿迹了，足秤足量成了新常态！

王延珍推行的第二个经营策略便是"做减法"。老一辈邵东人经商，信奉"货卖堆山"，他们恨不得将门店的每一个角落都堆满货物，以此招徕客户，王延珍的父母亦是如此。当时的"中果五金焊材店"，不仅卖焊材，还销售品种繁多的五金工具和电动工具。120 平方米的门店里，货架上的货物堆得满满当当，摆放杂乱，找一件货，总要翻开好几层。

"货卖堆山"并不是说完全没有道理，商家将货物像小山一样堆在那里出售，让顾客大老远地就能看到他那堆积如山的卖场，堆得越多越能吸引客户。但王延珍根据自己对未来行业的分类和发展，觉得"广种薄收"不如"深耕细作"。销售的产品种类多，从短期来看，的确能方便客户选择，增加销售额，但从长远考量，则无法形成经营特色，增强市场

竞争力。在生活中，那些成功的人都是把一件事情做到了极致，也只有把事情做到极致，才会有不被替代的资本。

变革总是伴随阵痛的。处理完五金工具、电动工具之后，"中果五金焊材店"的利润额的确出现下滑，但这让王延珍有了更多的时间和精力来专注经营焊材，不断精进，打造成自己的优势。

<h2 style="text-align:center">前途光明　道路曲折</h2>

人生是艰难的航行，绝不会一帆风顺。

王延珍在佛山经营一年多焊材店后，按照自己的思路运作，生意渐

⊙中亿信公司的仓储中心

渐有了起色。就在他准备甩开膀子大干一场时，各种考验接踵而至。

2009 年，因为佛山市的城市改造，王延珍父母经营了近十年的店铺需要拆除。新开门店，老客户是维系店铺运营非常关键的因素。为了不让老客户流失，必须在店铺拆除前开好新店。新店选址，首先要让老客户找得到，其次要能够不断吸引新客户。

华南五金城市场非常繁荣，但根本没有空余的铺面。无奈之下，王延珍只好花数十万元的转让费，在和华南五金城一路之隔的街上租了一间铺面。

新店在老店拆除前半年开张了。在店铺搬迁之前，王延珍通过电话、短信、粘贴搬迁启事等各种方式告知了老客户，但他还是担心客户会流

⊙中亿信公司仓储中心内部

失，便在老店贴出："到新店开单，有烟有酒"。他笑称：新店开张后，我在老店做了半年时间的"公关男"，每天客户一上门，就招呼他们去新店里坐坐，烟酒开支都花了数十万元。

新店开张，一切都是新的开始。这时，王延珍开始筹划建立自己的仓储配送中心。在广东，将货物配送到目的地是很多客户的基本需求，如果不能满足客户的这一需求，在激烈的市场竞争中肯定无法立足，像王延珍经营的焊材，产品笨重，客户的这种需求尤为强烈。

而要做配送，无疑需要一定规模的仓库。作为流通中心的仓库能以最大的灵活性和及时性满足各类顾客的需要。

王延珍租的第一个仓库，是一家国企的厂房，企业当时处于停产状态，因而厂房对外出租。他花了几十万元租了下来，将陈旧的厂房进行了修葺，并购置了一批货架，作为仓储中心使用。

不料，几个月后，仓库所在的路段对大中型货车实施限行分流，白天禁行，装卸货物只能在晚上进行。又过了几个月，该路段对大中型货车彻底禁行了。

一个货车不能自由通行的仓库，无疑失去了存在的意义。无奈之下，王延珍只好另找场地做仓库。正好，一家刚开张的汽配市场有大量的空余门面。这个市场交通便利，车辆出进非常方便，他便以较低的价格在市场租下一排门面做仓库，但租赁合同只签了一年。一年后，汽配市场兴旺起来了，门面供不应求，租金自然水涨船高，王延珍也只好放弃这个场地。后来，他又租了一家铝材厂弃用的厂房，令人沮丧的是，这个厂房所在地地势低洼，一旦降暴雨，水便倒灌进来。

说起那段不断搬仓库的经历，王延珍的语气里透露着疲惫与无奈，他说：三年时间搬了三次仓库，那种折腾真的让人欲哭无泪，感觉到身心俱疲，仓库搬迁不仅劳心劳力，造成的货物损耗也不少。

当与命运狭路相逢，路很长，夜很黑，你别无退路，只能在胸口刻上一个"勇"字，克制着所有的恐惧，咬牙走过那段独行的夜路。走着走着，天就亮了。

一定要建一个稳定的仓储配送基地！经过几年时间的经营，王延珍越来越感觉到仓储配送基地的重要性，它是连接供应链上下游的核心枢纽。有了几次仓库选址失败的惨痛教训，他在仓库选址时慎之又慎，进行了缜密的风险防控。

最终，他在佛山市机场附近租下 20 多亩地，用以建设自己的仓储配送基地。作出这个决定，他事前是做了大量"功课"的。首先，该地块位于机场附近，是不允许建高楼的，因而几乎不可能会被房地产开发商征用；其次，该地块远离城区中心位置，无货车限行的后顾之忧。

2012 年，王延珍以破釜沉舟之勇气，投入 400 多万元，建起了一个现代化仓储配送基地，并在基地修建了员工宿舍楼、办公楼。

中流击水　奋楫者进

创立两家世界五百强企业的日本经营大师稻盛和夫曾说过："付出不亚于任何人的努力，认真地、拼命地工作，除了拼命工作之外，世界上没有其他更高明的经营诀窍！"也就是说，勤劳致富财运久。一个人如果仅靠运气赚到钱，那他迟早会凭实力把钱亏光。

王延珍的创业梦想是用汗水浇灌的。刚接手父母的五金焊材店时，店里的交通工具就是两辆三轮车，用以短途送货。认识到配送的重要性后，他于 2008 年 8 月购置了一辆货车，开始在珠三角地区送货。

市场开拓的过程可谓举步维艰。在市场开拓的这条路上，王延珍吃了太多的苦，流了很多的汗，也经历了很多坎坷和挫折，同时也深刻体会了"跑断腿、磨破嘴、门难进、脸难看"的酸甜苦辣。那时，他既是业务员，又是司机、搬运工。每天光是装卸货物都累得浑身酸痛，累了，也得咬紧牙关。世间有些路必须要自己去面对，自己去跋涉。不想苦一辈子，就得苦一阵子。

创业从来不是孤军奋战，而是并肩作战。成功的创业者，其背后往往挺立着一些隐形的"合伙人"，他们不事张扬，很容易被人忽视，但这些人对于创业者的成功，其助推作用却是无法被掩盖的。对一个男人而言，最重要的创业隐形"合伙人"就是妻子。

王延珍的妻子易叶尼，1982年出生于邵东城区和平街。当初王延珍走出政府部门到佛山创业，她以实际行动默默支持。创业初期，她女性的坚韧与自强表现得淋漓尽致。在孕期，她克服妊娠反应，腆着大肚子守店、搬货，毫无怨言。王延珍将公司一步步做大后，她将公司的内部事务打理得井井有条。

一个人要有所建树，勤勉自然不可或缺，但顺势而为也很关键。顺势而为的力量，就如巴菲特说的滚雪球，找到长长的雪坡，就很容易越滚越大，势不可挡。

多年以来，王延珍一直保持一个习惯，那就是忙里偷闲读读书。他觉得在这个瞬息万变的时代，要想让自己实现从容而持续的成长，就必须保持对知识的饥渴，在阅读和学习中找寻一方静谧，实现自我的飞跃。创业以来，他选择性地阅读了一批经营管理和焊接材料专业的书籍。

学以致用，知行并进。

2012年，王延珍发现，随着市场经济的成熟与发展，自己这种"夫妻店"的运作模式已经非常落后了。在竞争激烈的时代，"夫妻店"和公司化运作的同行竞争，毫无胜算，而实行了公司化运作的团队有专业的人做专业的事，能给客户提供专业的服务，无疑更具竞争力。他觉得自己的事业要获得长远的发展，必须走公司化发展之路。也就在这一年，他注册成立了"佛山市中亿信焊接材料有限公司"，完成了从门店经营到公司化经营的跨越。公司设置了财务、仓管、司机、业务主管、文员等多个职位，各司其职，各尽其责。

通过对焊材市场的系统了解，王延珍发现发达国家焊丝用量占焊材的70%，焊条只占30%，而中国的焊条占焊材的80%，焊丝只占20%。通过这一数据他敏锐地意识到：焊材革新将成为焊接材料市场竞争的新热点，因而迅速调整产品结构，着力推进焊丝的营销，培育新的销售增长点。

2008年至2012年间，我国先后推行了两次经济刺激计划，直接导致国内焊接材料产能快速扩张，同质化严重，产能过剩。国内已经形成了京津冀、长三角、珠三角和成都地区四个焊材产业聚集地，这四个地区分割了全国绝大部分的焊材销售额。在此背景下，王延珍确定了代理品牌产品对接优势资源为主，运营自主品牌蓄势待发为辅的经营思路。2013年，他注册了"中亿信"商标。"中亿信"焊材因最大限度地缩减流通环节，拥有价格优势，这也切合部分客户的需求。

十年风雨兼程，春华秋实如歌。王延珍在父母一爿小五金店的基础上，创立了一家拥有自主品牌并专注于焊材销售的公司。公司实现了展厅、交易、仓储、物流及物流配套服务一体化，和广东、广西、湖南、福建等多个省份的数百家企业、经销商建立了长期稳定的合作关系。

天下大势，浩浩汤汤。势者，适也；适之则生，逆之则危；得之则强，失之则弱。随着移动互联网时代的来临，王延珍将开发自己公司的应用软件，实现让客户在线上下单，掌上操作。

知者不惑，勇者不惧。远方的壮丽风景，依然在向王延珍发出召唤。纵使前路漫漫，至少未来可期。回首既往，我深信他不悔当初！

　　肖巍，1982年出生于邵东市斫曹乡，广东高益建材科技有限公司副董事长，
佛山市湖南省邵东商会执行会长。

肖巍：科技为翼　新时代"瓦匠"逐梦全球

　　斫曹，邵东市下辖的一个乡，地处湘中衡邵干旱走廊腹地，属高寒山区，是湖南省石漠化最为严重的地方，石山林立、田土极少。曾经的斫曹人民，在贫困中苦苦挣扎过，但他们穷则思变、战胜贫穷的决心坚如磐石。改革开放之风乍起，斫曹人即纷纷走出家门闯世界。如今，斫曹乡涌现出了一大批商界精英，遍布全国各地。

　　广东高益建材科技有限公司副董事长肖巍，就是从邵东市斫曹乡一个小山村走出来的。因为贫穷，他选择奋发；紧扼命运的咽喉，让他领略到征服的豪迈！他的主业是研发、生产高科技含量的树脂瓦，他的梦想是让自己公司出产的树脂瓦盖上全球各地的广厦千万间。

征战归来再读书

　　1982年出生的肖巍，当你与他交谈对视时，其眼神里流露出来的那种阅尽千帆宠辱不惊的从容，以及钢浇铁铸岿然不移的坚毅，令人印象深刻。或许，这与他跌宕的人生经历有关。

　　在肖巍还只有几岁的时候，父亲患上一场重病，为治病花了一大笔

⊙邵东市斫曹乡，昔日的贫困山乡如今美丽富饶，英才辈出

钱，导致家中几乎一贫如洗。雪上加霜的是父亲重病之后基本上丧失了劳动能力。那时，家中的收入就是种了一两亩贫瘠的田地，母亲在农闲时到集市贩卖鸡蛋。这样的收入，完全支撑不了一个家庭的开支。

肖巍现在还依然记得，小时候每到青黄不接的季节，家中经常无米下锅，靠借粮度日。回忆起年少的经历，肖巍几度哽咽。他说："平心而论，父母的确没有给我们一个富足的童年，但在那个年代，在那种恶劣的条件下，他们能将我们兄弟抚养成人，就已经非常不容易了，他们也可以说竭尽全力了。他们那一代人，最坚忍，最能吃苦！"

日子虽然很苦，但父母始终坚持一个信念："我们就是再苦,也要供你上大学！"父母向肖巍作出这样的承诺时，语气斩钉截铁、铿锵有力，显得那样的自信和坚强。父亲是老高中生，在当时的农村属于胸有文墨之人，他信奉知识改变命运的道理，希望儿子能通过读书跃出农门出人头地，不要再沿袭自己那种生活。

真正经历过贫穷的人或许都知道，在一穷二白的状态下，很多人看不到希望，甚至自暴自弃。在苦难中浸泡太久，甚至会限制一个人的思维以及对世界的认知。

但是，肖巍没有。这是他与其他贫穷孩子不一样的地方，也是他成功的不二法门。

目睹生活的艰辛和父母的不易，肖巍早早就懂事了。十几岁时，他开始用自己稚嫩的肩膀，帮父母分担生活的重压。从小学六年级开始，肖巍利用暑假时间卖冰棒。从斫曹乡石坪村的家中，到位于廉桥镇的冰棒厂，有十来公里路程。他每天早早起床走路去进货，然后背着满满一箱冰棒走村串户。毒辣的太阳晒得人头皮发麻，大量出汗后皮肤一摸就针扎一般的痛。尽管如此，肖巍还是咬牙挺住，为了多赚点钱，他坚持每天卖两箱冰棒。一个暑假下来，他也能赚到两三百块钱，可以交上一期的学费。

⊙万丈之木，生于毫末

十年忍得寒窗苦。2000 年，经过 12 年磨砺的肖巍，终于踏进了高考考场，迎接人生中最重要的一次考试。在这年的高考中，肖巍考得不甚理想，仅考上一个专科学校。

学历是找工作最为重要的敲门砖，是用人单位判断一个员工的最为直观的参考，很多企业在招聘的时候都会在学历上提要求。只考上专科，肖巍的亲友们都建议他复读一年，争取考上本科，毕业后更容易就业。

对于肖巍去参加高考复读，当时也有不少人泼冷水。有人说，肖巍家庭条件这么差，干吗非要去读书，倒不如去找份工作，随随便便都能赚到两三千块钱一个月，没必要吊死在读书这棵树上。

面对他人善意的建议，肖巍父母毫不动摇，筹集了一笔钱将他送到邵东振华中学复读。

高考，心态很重要，良好的心理素质是赢得高分的关键。在第二次高考中，肖巍背负了太大的心理压力。最大的思想包袱是怕自己辜负了父母的厚望，他心里清楚父母供他一年补习是多么的不容易，迫切希望通过这一场考试来回报父母的付出。

背负巨大的精神重压上阵，难免乱了方寸。肖巍在第二次高考中再次遭遇滑铁卢。

两次高考失利，肖巍心中对父母有了极大的愧疚感，同时，一种深深的挫败感也挥之不去。他决定先去找份挣钱的事干。当时，很多老乡在广东东莞卖牙刷。做这种小买卖，既不需要投入多少钱，又相对比较自由，肖巍便加入了这个行列。

从单纯的校园走向纷繁复杂的社会，肖巍最大的收获是在独立中走向了成熟，遇到一些挫折与难题，不再手足无措，自己会想方设法去面对去解决，渐渐地做到遇事内心波澜不惊。

在卖牙刷颠沛流离的生活中，肖巍的大学梦从未熄灭，它就像一团熊熊火焰，一直在他胸中燃烧。他始终认为读大学能和一群优秀的人打交道，打开世界的窗户无疑会更大更亮，会看得更远。征战归来再读书，2003年，肖巍重返校园，捧起久违的书本，向梦想发起冲刺……

此前扎实的学习基础，加上一年的刻苦攻读，肖巍在2004年的高考中，以超出二本线几十分的优异成绩，顺利被佛山科学技术学院国际经济与贸易系录取。

星光不问赶路人

考上了大学，对肖巍而言，不是一个奋斗的终点，而是一个全新的起点。他深谙：高学历不一定意味着高能力，但高能力者，肯定要具备一定的知识储备。行走在人世间，哪有什么捷径可言。就像一棵竹笋冒

⊙肖巍在生产现场

出地面，离不开在地下五六年的能量积蓄。平步青云终是侥幸，厚积薄发才是人间正道。那些所谓的成功和奇迹，追根溯源，都是脚踏实地的努力。

进入大学的第一天，肖巍就在心底暗暗告诫自己：一定不虚度这四年最宝贵的青春年华，一定要学有所成！

因为学的是国际贸易，肖巍扎实地学习了外贸专业知识和商务英语。同时，他结合自己的专业知识，积极参与社会实践，比如，他利用自己的英语知识，创办了家教服务中心。

星光不问赶路人，时光不负有心人。大学毕业之前，肖巍通过了大学英语六级的考试，当年全校仅6人通过这一考试。因为品学兼优，他获得了国家奖学金。国家奖学金是由中央政府出资设立的用来奖励特别优秀学生的奖学金，其评审最为规范，标准最为严格。作为大学生能获得国家奖学金是一项莫大的荣誉。同时，他在学校还获得了"优秀学生

⊙高益建材公司外景

党员""优秀毕业生"等系列荣誉。

在实习期间以及大学毕业后,肖巍先后被学校推荐到"志高空调""美的电器"等全国知名企业。在这些企业工作一段时间后,肖巍最终选择了离职。其实,早在大学期间,肖巍就给自己未来的人生做了规划,那就是以后肯定要自己经商创业。他需要一个可以自由施展拳脚的平台。

经过一番选择,肖巍最终在 2008 年进入一家以生产树脂瓦为主的建材公司做销售。这家公司的产品,当时在国内的销量较大,但出口量不尽如人意,当年出口额仅 600 万元人民币。

作为一名国际贸易专业的毕业生,肖巍自然想将这家公司的外贸业务做大。入职后,肖巍深入市场一线,及时了解掌握市场供求状况和发展趋势,对市场走势进行了科学预测。在此基础上,他就销售工作向老板提出了两点建议:一是公司要积极参加广交会等大型展销会,这样可

⊙高益建材生产车间一角

以有效提升公司形象，提高产品知名度和市场竞争力，也可以挖掘到部分潜在客户；二是公司要迅速建立网络销售平台，以便让企业的产品销售能够在互联网上得到延伸和拓展。肖巍的合理建议得到了老板的高度重视，并付诸了实施。

业绩，就是一个销售人员最后的尊严。肖巍非常认同这句话。

要做好销售，肯定要对自己推销的产品了如指掌，要具备非常高的专业素养，因而肖巍曾花了大量的时间深入车间、仓库，虚心向同事请教产品专业知识。这样一来，在和客户交谈时就能做到心中有底，甚至可以成为客户的顾问。

为拓展业务，肖巍将吃苦耐劳、持之以恒的精神发挥到了极致。简单的事情重复地做，脚踏实地，时刻保持十足的干劲，激昂的热情。在很长一段时间内，肖巍保持着这样一种状态：不是在谈业务，就是在去往谈业务的路上。

在拓展外贸业务中，肖巍一口流利的英语，让他和外商沟通时毫无障碍，显得游刃有余。

肖巍进入那家建材公司后，公司的外贸销售量直线上升。2008 年公司外贸销售额仅为 600 万元人民币，到 2013 年已达到了 2.3 亿元人民币。而肖巍一个人的业务量，最高的一年达到了 8000 万元，撑起了公司销售的半边天。

经过几年时间的历练，肖巍逐渐在中国树脂瓦行业崭露头角。

放眼全球谋新篇

世间没有无缘无故的爱，一个人只有将自己经营好，让自己有价值，别人才会对他青眼有加。

○高益建材产品销往全球多个国家

　　肖巍展露出非凡的销售才能后，多家大型建材公司的老板都想将其收入麾下，纷纷许以高薪甚至股份，但他不为所动，一直在等待时机自己创业。

　　2014 年，一位树脂瓦销量极大的外国客商，要肖巍帮他寻找质量稳定的树脂瓦货源。肖巍决定以此为契机，开始踏上创业之路。

　　虽然手中有大把的客户资源和丰富的从业经验，但肖巍还是想找人合作。毕竟，一个人的能力、精力都有限，找到了合适的合作伙伴，就能实现优势互补。找到一个称心如意的合作伙伴，将会事半功倍。

　　众所周知，创业路上要寻找一个好的合作伙伴并不容易！合伙人，合的不是钱，而是人品、格局和规则！合作伙伴的人品最为关键。人品好的人合作会恪守游戏规则，而人品不好的人则无视游戏规则，最终搞得彼此心力交瘁。

　　肖巍决定在行业的垂直领域寻找合作伙伴。经过深入了解，他最终选择和佛山市高筑瓦业有限公司的老总陈增光合作。通过一段时间的接触，他觉得陈增光为人忠厚，坦荡正直，与其合作安心落意。

　　2014 年 10 月，肖巍和陈增光在高筑瓦业公司的基础上，共同出资成立广东高筑建材科技有限公司。当时的高筑瓦业，仅两条生产线，技术落后，设备陈旧，废品率高，效益自然不如人意。成立新的公司后，在肖巍的主导下，公司推行了一系列的改革创新。首先是引进了国内最先进的生产设备，并对生产工艺进行了持续的优化和改进，在不断探索和改进传统产业的基础上，致力于高新技术产品的发展，确保生产出来的产品具有耐腐蚀、保温隔热隔音、承载力强等多项优越品质；其次是培养一个士气高昂敢闯敢拼的销售团队，肖巍将自己多年的销售实战经验传授给销售团队的人员。

　　短短几年时间，"高筑建材"在行业内异军突起。2017 年初，肖巍和陈增光又合资成立了"广东高益建材科技有限公司"。公司由原来的两条生产线，扩张到十条生产线，厂房占地 15000 平方米，产品远销国内

⊙产品整装待发

⊙肖巍在车间指导工作

外，年销售额也突破了亿元大关。与此同时，公司也成了中国合成树脂瓦行业标准的编制单位之一。

潮平两岸阔，风正一帆悬！随着销售额的不断增长，肖巍将公司的发展战略定位为"面向全国，放眼全球"。公司在国内的福建、江西、湖南等地设立了生产基地，同时在印度、越南等国家投资办厂。下一步，他计划在南美、非洲等地区设立分公司。他的梦想是让自己公司出产的树脂瓦，盖上全球各地的广厦千万间。

　　颜定检，1975年出生于邵东市仙槎桥镇，佛山钰豪研磨材料科技有限公司创始人，佛山市湖南省邵东商会执行会长。

颜定检：我的梦想是缔造一家百年企业

有志于长久经营的人，心中都有一个孜孜以求的梦想，那就是做百年企业。

佛山钰豪研磨材料科技有限公司董事长颜定检，他也有着做百年企业的梦想。20多年前，他从家乡湖南邵东走出，在广东白手起家，从一家五金店起步，将公司做成集产、研、销于一体，年销售过亿元的规模企业。如今，他已经走过"草根创业"的艰难阶段，他的公司广纳英才，并借助中科院等科研机构的科技力量，稳步向"精英创业"过渡。

谈到做百年企业的梦想，颜定检说："定下这个目标，并非是我好高骛远，或许有人会说，过好当下最重要，谈什么百年企业呀？但我始终认为，有了长远目标，才能更好地过好当下。天天想着赚快钱，就会追求立竿见影，就会急功近利，甚至会出现偷工减料、粗制滥造的情况。定下做百年企业的目标，才会以客户为中心，才会精益求精、永不懈怠。我的企业成立至今还只有约20年，未来的路，我们将以这个目标来不断自我鞭策自我完善，这个信念绝不动摇！"

⊙钰豪公司前台

贵人指路　奋力向前

20 世纪 90 年代初，改革开放的春风吹暖了南方。那时，一句"东西南北中，发财到广东"的顺口溜传遍神州大地，激励一大批人潮水般涌向广东"淘金"。1995 年，时年 20 岁的颜定检南下广州。

在广州打工近三年时间后，身边小有积蓄的颜定检决定自己创业。孰料，刚投身商海的他就猛呛一口水。1998 年，他在广州从一个北方人手中接下一家便利店。当时，他对那家便利店的位置、人流量都非常满意，但令他始料不及的是，这间便利店的铺面不久后即将拆除。那个北方人邀请了他的朋友冒充房东，和颜定检签下了转让协议。几个月后，便利店的铺面被拆除，颜定检辛苦几年攒下来的几万块钱也随之打了水漂。

人年轻，缺乏社会经验，碰壁是难免的。碰上这种事，颜定检也只能无奈地认栽。他也能换一个角度看待碰壁：年轻输得起，大不了从头再来。

便利店被拆除之后，颜定检开始寻找新的谋生之道。当时，广州城区还没有"禁摩"，摩托车是众多市民出行的交通工具，使用量庞大，颜定检决定开一家摩托车修配店。东挪西借凑了几万块钱，颜定检邀请了一个懂摩托车修理技术的人，合伙在广州南方医院附近开起了一家摩托车修配店。

摩托车修配店开张后，由于各种原因，生意一直比较清淡。艰难维持了两年时间后，只好关张大吉。

人生需要引路人。当一个人陷入迷茫，不知道自己到底该何去何从时，非常需要一个能为自己指明前行道路的人。颜定检的事业出现转机并逐渐步入正轨是在 2001 年。那一年，在一次亲戚间的聚餐中，他妻子的叔叔曾文轩了解到他头脑活络又能吃苦耐劳，就引荐他做研磨材料生意。曾文轩老先生 1981 年开始涉足五金行业，生意做得非常成功。对于自己的事业引路人曾文轩，颜定检常怀感恩之心，他说："我们邵东人之所以能遍布全国乃至全球经商创业，就是因为不断有先行者为后来者引路。如果不是长辈为我引路，也许我不会进入这个行业，在创业的路上或许会走更多弯路。"

为了熟悉这一行业，颜定检跑到了曾文轩当时位于广东番禺大石镇的店里实地考察、学习了几天。在这过程中他了解到：研磨材料属于耗材，市场需求量非常大，同时研磨材料的售后服务相对于其他产品而言更轻松。

2001 年，颜定检在广州市天平秤装饰材料城开了一家面积仅十几平方米的"钰豪研磨材料店"，开启了他草根创业的艰辛之旅……

耕耘实业　筑梦未来

师傅领进门，修行在个人。在引路人引领下上道后，怎么走、能否走远走好，还得看自己。

广东是一片哺育草根、孕育财富英雄的热土。作为草根创业者，在创业之初，摆在颜定检面前的难题一大堆，首先是没有雄厚的资金实力，开店大部分钱是借来的，有部分货是赊来的；其次是新店开张，没有固定客源。

如何逐渐在市场中谋得一席之地，成了颜定检当时迫切需要解决的难题之一。想来想去，他觉得要想在市场立足，靠蹲在店子里"守株待兔"肯定不行，必须放下面子主动出击，对潜在客户进行陌生拜访。当一个人能放下面子去挣钱，说明他已经成熟了。开店之初，颜定检给自己定了个任务：每天拜访 50 个陌生客户。

⊙ "钰豪研磨"参加中国建博展

众所周知，陌生拜访是非常棘手的，需要强大的心理承受能力和出众的沟通能力。颜定检说："我当初去拜访陌生客户，也没有什么经验，硬要说有诀窍的话，那就是我带着真诚去和陌生客户交流，不亢不卑，带着交朋友的初衷去洽谈。我有实体店在广州，没必要和客户说一些花言巧语，产品的品质、价格我都如实告诉客户，绝不蒙骗客户。"

在一个月时间内，颜定检跑遍了广州所有的磨料磨具专业市场，并拜访了其他一些潜在客户。随后，他又用了三个月时间，跑遍了珠三角地区所有的磨料磨具专业市场。

有位销售大师说过：销售就是贩卖信赖感！颜定检通过自己的真诚，慢慢积累了一批客户，研磨材料店的生意越来越好。

要想吸纳更多的新客户，就得不断增加店里的产品种类。但在那时，信息没有如今发达，一些同行对畅销产品的进货渠道更是严格保密的。

⊙ "钰豪"公司获得3M授权

⊙ "钰豪"公司持有的猛狼商标

为了拓展新的进货渠道，颜定检想了个笨办法，那就是在市场蹲守畅销产品的厂家送货车，自送货人处取得厂家的联系方式，然后自己跑到厂家去采购货物。

创业是艰苦的，大多数成功者的第一桶金，都浸透着血汗。尤其是草根创业者，在创业初期可谓吃尽苦中苦。颜定检也是这样走过来的，为了积累创业资金，他将每一分钱都用在"刀刃"上，不会把钱花在不必要的地方。2003 年，颜定检已经拥有数百万元的身家，但他从来不讲究穿名牌服装。那一年他到海口去收一笔货款，事情顺利办完后，他才在海口狠下心来买了两件价格 300 多元的品牌衬衫，他说那是他当时穿的最贵的衬衫，也算是对自己这几年辛苦打拼的"奖励"。而据颜定检的妻子曾新华回忆，创业之初，家里连生活费都是精打细算的，吃的植物油都是三块钱一斤的散装油，吃的米也是价格相对便宜的散装米，那时她看到广州本地人买桶装油吃，心里还挺羡慕的。

广州地理位置优越，而且聚集了一大批专业市场，市场辐射能力强，形成了立足华南、辐射国内外的市场格局。得此地利，颜定检在商海如鱼得水，生意迅速扩张，几年时间内他在广东开了五家店，并成了美国"狼王"、日本"富士星"等国际著名研磨材料的中国总代理。生意越做越大，他也不断从老家邵东邀请同学、朋友到广东来给他帮忙。

门店生意蒸蒸日上，但颜定检的志向并不仅仅在此。他想自己做实业，尽管做实业需要沉下心来不断完善自己的产品来获取市场竞争力，需要大量的时间和精力，但这是他的梦想。

2002 年，他发现广东市面上出现一款非常畅销的产品——502 胶水。502 胶水为用于橡胶、皮革、塑料、陶瓷、木材等自身或相互间的黏合，广泛用于电器、仪表、机械、电子、光仪、医疗、轻工民用等行业，市场销量极大。

销售了一段时间的 502 胶水后，颜定检想尽千方百计掌握了 502 胶水的产品配方和生产技术，开始自己生产 502 胶水。开厂初期，502 胶水不但销量大，利润也非常可观，这让他出师大捷。但后来 502 胶水的生产厂家遍地开花，他便退出了这个行业。

在研磨材料中，研磨砂袋销量较大。2003 年，颜定检在东莞市开了一家砂袋厂。

品牌培育煞费苦心

涉足实业的同时，颜定检也完成了从门店经营到公司化运作的蜕变。他深知，自己的事业要做大做强，公司化运营是必由之路。他先后注册了广州钰豪研磨材料有限公司、广州钰豪贸易有限公司、佛山钰豪研磨材料科技有限公司等。

⊙颜定检（左一）在展会现场

角色转换，首先要做好心理调整。颜定检从批发商到公司掌舵人的角色转变，意味着他不再是一个单单靠门市卖产品挣钱的小老板了，而是变成了一个要为批发商服务的公司。服务对象变了，经营方式与盈利模式也要改变。

"世界正以前所未有的速度发生着巨大的变化。客户的需求越来越大，对我们的期望也越来越高。"有感于此，颜定检只有不断学习，首先是跟同行学习，有时间经常到做得好的同行公司去拜访，去请教，去探讨，这是最有效的学习方式；此外是向"外行"学习，比如家电行业、快销品行业、日化行业等，吸收这些行业可以借鉴的经验。

几年时间的门店经营，让颜定检深刻体会到品牌的力量。一些优秀品牌在市场上的销量极大，而且客户的忠诚度极高，销售过程中经销商比较轻松，根本无须费太多口舌，正所谓"桃李不言，下自成蹊"。

商标是企业的标志，代表着企业的信誉和形象，是企业重要的无形资产。随着全球经济的一体化,市场经济主体已从价格竞争、质量竞争走向品牌竞争。从创办实体企业伊始，颜定检就有计划有目标地推行了商标品牌培育行动，先后注册了"钰豪""猛狼""8M8""冠豪"等十几个商标，产品涉及砂纸、砂带、百洁布、千叶轮等。颜定检在注册商标的过程中，难免会遇到耗费时间长、程序烦琐、通过率低等问题，但他毫不退缩，在商标品牌培育方面，倾注了大量的时间和精力。

创立一个新品牌或商标很难，成本很高，但失去一个知名品牌或商标却很容易。在商标品牌培育行动中，颜定检还打过一场长达数年的"商标保卫战"，并大获全胜！那是在 2005 年，颜定检注册了一个研磨材料类的商标，这个品牌的产品在市场上热销十几年，在消费者心中已经树立起非常好的形象。不料，2016 年，国内某著名电器品牌以文字雷同为由发起了诉讼。

眼看自己企业多年苦心经营而形成的良好品牌即将遭到毁灭性打击，颜定检决定迎难而上，勇于亮剑，聘请律师积极应诉。

经过近三年时间的较量，官司从一审打到终审，颜定检赢了！知识产权法院判定，颜定检所注册的商标，仅仅是文字与某电器品牌雷同，图案、字体以及商品所属行业均不同，而普通文字不具有商标的独特性，因而不构成侵权。

为了避免商标纠纷，近年来，颜定检将自己公司旗下多个商标的图案和字体向国家知识产权局申请了原创保护。

创新路上与时俱进

从生产研磨砂袋起步，到生产拉拢片，然后研发智能研磨产品，到如今的利用再生资源生产聚乙烯醇凹凸海绵，颜定检在创新的道路上从未停步。他一直保持着居安思危的心态，认定企业要与时俱进不断创新，应用新技术，形成自己的核心竞争力，否则就会"短时间内赢得了竞争，长远看却输给了时代"。

正因为有了这种认知，颜定检投入大笔资金，组建了公司的研发团队，抽出公司每年纯利润的30％用于科技含量高的研磨

⊙钰豪公司生产车间一角

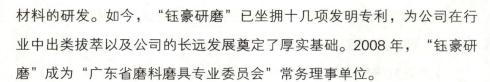

材料的研发。如今，"钰豪研磨"已坐拥十几项发明专利，为公司在行业中出类拔萃以及公司的长远发展奠定了厚实基础。2008 年，"钰豪研磨"成为"广东省磨料磨具专业委员会"常务理事单位。

在"钰豪研磨"十几项专利中，"聚乙烯醇凹凸海绵的制作方法"这一技术专利，是市场竞争中的一张王牌。

再生资源的回收与利用是一项利在当代、功在千秋、造福人类的伟业。再生资源是一笔巨大的财富，是缓解当前资源紧缺、减轻环境污染和生态破坏压力、最终实现环境可持续发展的重要途径。而"钰豪研磨"所拥有的"聚乙烯醇凹凸海绵的制作方法"这一技术专利，就可以运用于再生资源利用项目。为了攻克这一技术难关，颜定检可谓痛下血本，这项技术研发共进行了两年多时间，其间邀请了中科院的专家进行技术指导，各项开支高达数百万元。

"在公司未来的发展中，我将逐步从具体事务中抽出身来，专注于企业的战略决策，同时，我也会逐渐稀释自己的公司股份，让更多的优秀员工参股。公司的发展壮大必须以人为本，让员工与企业命运紧紧维系在一起，这种归属感可以使得企业内部和谐团结，让员工与企业风雨同

舟，荣辱与共。"谈到公司的未来，颜定检如是说。

对于自己的员工，颜定检一直心存感激并予以善待。在他的企业不断壮大后，他原来经营的 5 家有稳定客源的批发店，都让给了老员

工自主经营，在转手初期，他还给开店的老员工们提供资金支持。他说："这些老员工跟了我十几年，为我事业的壮大立下了汗马功劳，我希望他们过上好日子。"

而对于家乡邵东，颜定检更是有着割舍不断的情结。2020年，邵东市的主要领导赴佛山招商引资。他在家乡领导"引老乡，回故乡，建家乡"的深情感召下，带着团队毅然回到邵东，建设家乡，在邵东投资建厂。如今，他在邵东的工厂也已经开工生产。

有做百年企业的勃勃雄心，有以人为本的企业文化，有创新求变的开拓精神，有坚定而清醒的品牌意识，我们有理由相信颜定检的"钰豪研磨"基业长青。

⊙钰豪公司厂房一角

严斌斌，1973年出生于邵东市九龙岭镇，佛山市欣兴华龙机械有限公司董事长，佛山市湖南省邵东商会执行会长。

严斌斌：常怀利他之心
引领涂装机械行业新风云

邵东人文积淀厚重，历代英杰辈出。在邵东九龙岭镇严家桥，曾走出过一位"笔挟风雷"的新闻怪杰——严怪愚。这位中国共产党早期的著名新闻工作者，以虽千万人吾往矣的气概，率先报道了汪精卫叛国投敌这一震惊中外的事件，因此赢得后世景仰。

在严怪愚的后裔中，有一位当代商界骄子，他将祖辈忧国忧民经世致用的精神和力量移植、应用到经商创业中来，奋楫笃行，臻于至善，

⊙严怪愚故居

20多年来躬耕于喷涂机械行业，尤其是他的公司研发的 UV 喷涂机械，绿色环保，能实现清洁生产，助力生态环境保护，他也因此成为行业翘楚。而且，他的企业是喷涂机械行业实至名归的"黄埔军校"，从他企业走出的大批员工纷纷自主创业，撑起了国内喷涂机械行业的半边天。

他，就是佛山市欣兴华龙机械有限公司创始人严斌斌。

学以致用　梦想终照进现实

1973 年出生的严斌斌，初中、高中六年的中学时光都在邵东三中度过。高中毕业后，他考入邵阳高专（现并入邵阳学院）。邵阳，曾是湖南的工业重镇，1990 年，邵阳就有 388 种工业产品获得省优、部优、国优金字招牌。当时的邵阳高专是一所以工业为主、教学科研相结合的高等专科学校，培养了一大批高素质的技术、管理人员。

⊙佛山市欣兴华龙机械有限公司外景

在邵阳高专的机械工程系，严斌斌既学到了丰富的理论知识，也掌握了扎实的操作技能。

学以致用，是学的最高境界，也是实现人生价值的重要途径。1994年，严斌斌南下广东，进入佛山里水镇一家台资机械厂。那个年代，中国机械设备制造正从缺乏自主创新的被动局面走向逐步掌握自主技术的主动局面。中国制造大规模走向世界舞台的序幕正徐徐拉开，背后产业的交响序曲正演奏着兴衰与更迭。

严斌斌当时供职的台资机械厂，很多的配套机械都要从国外以及台湾地区进购，既挤占了工厂的大量资金，也严重影响了工厂的生产进度。面对这一被动局面，严斌斌主动请缨，进行技术攻关。他成功研发出小型减速机等系列产品，为这家台资机械厂的长足发展注入了新的活力。

懂技术，善管理，思维前卫，敢于创新，严斌斌身上具备这些特质。进厂一年多，他就从普通员工晋升为厂长。

⊙工人们的一丝不苟铸就了欣兴华龙的优质产品

在那家台资机械厂担任厂长期间，严斌斌践行着自己的管理理念，那就是将产品做到极致、与客户深度融合，为客户解决实际难题。

曾有一位台湾客户想添置一条鞋材印刷生产线，当时看中了一套美国出产的二手设备。虽说是二手设备，价格却非常昂贵，对方开价1200万元。

为了慎重起见，那位客户邀请严斌斌等人到现场看货。有着多年技术积累的严斌斌觉得这套美国出产的二手设备价格偏高，当场以初生牛犊不怕虎的勇气直言道："我们研发这样一套类似功能的设备，造价最多200万元！"严斌斌此言一出，在场之人一片愕然。殊不知，当时连台湾的顶级工程师都将维修美国的这款机械设备视为畏途，更何谈自己研发类似功能的设备。面对众人的质疑目光，严斌斌坚定地说：相信我，我能做出来！

自告奋勇揽下这一艰巨任务后，严斌斌开始投入全部身心去啃这块"硬骨头"。家乡邵东有句土话叫作"鬼脑壳都是人雕的"，也就是说没有什么事能把人难倒。他也始终抱定"只能成功，不能失败"的积极信念。

在大半年的时间里，严斌斌几乎是足不出户，翻阅资料，绘制图纸，设计方案一次次推倒重来。每当遇到技术难题，他就求教于大学的老师以及业内的专家。一个人一旦全身心投入到一件事情中，那么他已经站在连接现实与理想的桥梁上了。用了半年多时间，他终于将这套鞋材印刷设备研发成功！

这件事，对严斌斌的职业生涯产生了深远而积极的影响，尤为关键的是让他树立了自信。自信，可以将人的一切潜能都调动起来。

居安思危　创新路上奋步行

2002 年，即将步入而立之年的严斌斌开始筹划自己创业。年到三十，一个人对自己的生活目标和生命价值有了方向感。他放不下自己的抱负，也担心过撑不起自己的梦想。在做出这个抉择之前，严斌斌经过了反复的权衡。在最富激情的年纪选择安于现状，一个人的斗志就会消磨殆尽。不勇敢迈出创业这一步，或许会留下永久的遗憾。

创业之路唯艰辛。创业之初，现实就给了严斌斌一个下马威。公司成立不久，他接到深圳一个客户制造一台喷涂机械的订单。说起这第一个订单，他至今记忆犹新，他说："为了成立公司，我把打工八年挣的所有钱都投进去了，当时也没钱买小车，我是骑着一辆摩托车去见客户的。客户开玩笑说，你这个工厂的全部资产估计也就几十万，我这个订单就是几十万，但我还是相信你，这个单交给你来做。"

⊙ "欣兴华龙机械" 生产车间一角

接下这个订单后，严斌斌带领几名工人没日没夜地生产。耗时大半月，机械终于生产出来了，但令人沮丧的是调试的时候总是莫名其妙出现一些小问题，不能正常运行。客户先后到佛山看了四次机械，都没调试成功。客户下了最后通牒：下次再调试不成功，就取消订单！

那段时间，严斌斌真的是急火攻心。这台机械要是调试不成功，那就是一堆废铁，自己投入的几十万元不仅将打水漂，创业梦想也面临破灭。功夫不负有心人，在一位台湾工程师的配合与指导下，机械终于调试成功。又一次通过了严峻的考验，让严斌斌深刻体会到技术的力量，也让他更为尊重技术、敬畏技术。

只有坚持创新，做到"人无我有，人有我优，人优我特，人特我专"，才能引领市场趋势。2003 年，严斌斌敏锐地察觉到：体量巨大的鞋材市场，其鞋底印花还是通过传统工艺操作。如果自己研发出一种专门用于鞋底印花的机械，肯定能迅速占领市场。捕捉到这一市场契机后，他迅即付诸行动，将这款机械研发成功。

鞋底印花机械问世后，旋即成为市场新宠，一大批大型鞋厂纷纷抢购，订单雪花般飘向"华龙机械"。

短短几年时间，"华龙机械"在业界声名鹊起。企业迅猛发展壮大之际，严斌斌依然有着清醒的头脑，有着强烈的忧患意识。他知道创新之路依然漫长。2005 年，"华龙机械"开始着手生产研发 UV 橱柜面板设备生产和销售；2008 年更是立足广东，面向全国，开始从事地板、平面门、平面家具 UV 涂装设备生产销售，从而为中国的平面 UV 辊涂工艺取代传统的 PU、NC、PE 喷涂工艺做出了重大贡献。2005 年，他还聘请了德国宝美施公司的董事长 Bodo 先生担任公司的技术顾问。他觉得企业发展到一定阶段，融智比融资更为重要。

在接下来十几年的发展中，华龙公司在开拓创新的路上高歌猛进。

⊙ "欣兴华龙机械"销往世界各地

2006年，公司在喷涂机械中首先使用激光辊，使滚涂表面效果接近于喷涂效果；2008年，公司在喷涂机械中首先使用钾灯解决白漆干燥难题；2015年，公司在喷涂机械中首先使用软辊，解决异形面的辊涂问题……

尤其值得一提的是，"华龙机械"研发的专利产品"漆雾盒"，对UV喷涂过程中产生的漆雾进行回收，回收率可达99%。喷涂机械在喷涂过程中会产生大量漆雾，并伴随着甲苯、二甲苯、溶剂汽油、醇类、酯类等有机废气，这些污染物直接排放不仅污染大气环境，也会对人的健康造成极大危害。"漆雾盒"的诞生，将这一难题迎刃而解，可以说是一项利国利民功德无量的创新。"漆雾盒"这一专利产品，在"2020第八届中国木门技术大会"上荣获"金智奖"。

严斌斌说："我公司卖给客户的每一台机械，都是以质量为标准，

而不是以价格为标准！我们力求让客户以合理的价格，买到高质量的可以安心使用的机械。"正因为奉行这一标准，"欣兴华龙机械"的客户，囊括了"碧桂园""索菲亚衣柜""大自然家居""箭牌卫浴"等一大批国内赫赫有名的企业。公司的产品也远销欧美、俄罗斯、中东以及东南亚等地。

日日精进　胸中常怀利他心

做企业，何尝不是一场修行。

严斌斌潜心耕耘近 20 年，将一间作坊式的小工厂，打造成一家创新后劲十足，产品占据海内外高端市场的行业标杆企业。一路走来，他也是在不断地参悟，日日精进。

天道酬勤，商道酬诚。对这个人尽皆知的朴素道理，严斌斌感触良深。他说："我熟悉的在佛山创业的邵东老乡，绝大部分都是非常勤奋、非常能吃苦的。他们所取得的成就，都和'勤奋'二字分不开。而'诚信'二字，可以说一次次化解了我企业的危机。做企业以来，我一直坚持不拖欠员工工资，不拖欠供应商货款的原则。但 2008 年我投资长沙星沙工业园的土地，因不可控的原因，公司的资金链出现了问题，我主动和供应商沟通，延期六个月支付货款，因之前信誉良好，得到了他们的倾力支持，让我顺利地渡过了难关。"

做企业，在追求利润、自我成长之余，也应当常怀"利他"之心。何谓"利他"？就是利于他人，利于社会，利于环境，等等。心存利他之心，不仅是一种胸怀，更是一种格局，拥有这样的心态，于人于己，终将互惠互利，互帮互助。只有利己也利他，才能得到相应的回报，才能成就彼此梦想，这是事业和人生成功的终极规律。

严斌斌的企业成立近 20 年来，其经营方向始终是为客户解决难题，为客户创造价值。只有为客户着想，提供好的解决方案，企业和客户在某种意义上融为一体，企业才能不断发展完善，生生不息。作为企业，只有和客户利益一致，赚到的利润就是服务获得的溢价。你不为客户创造价值，客户终会离你而去。

企业为客户创造价值，同时也为员工提供自我淬炼、施展才华的舞台。

近 20 年的参悟，使严斌斌认识到，做企业的终极使命就是在追求全体员工的物质与精神双幸福的同时，为人类社会的进步发展做出贡献。

云舒云卷，潮起潮落。严斌斌依然保持理想，他的雄心随着技术积累在逐渐燃烧：通过公司全体同仁的齐心勠力，让佛山市欣兴华龙机械有限公司，争创全国涂装机械行业中质量一流、服务最佳的企业。

⊙华龙机械公司外景

　　王瑛，1973年出生于邵东市野鸡坪镇，佛山市中浩铝材机械设备有限公司
董事长，佛山市湖南省邵东商会执行会长。

王瑛：科技为翼　鲲鹏直上九万里

习近平总书记曾高屋建瓴地指出："市场活力来自于人，特别是来自于企业家，来自于企业家精神。"企业家精神的一个重要体现，就是不断尝试开发新的产品，引入新的技术，开辟新的市场，完成新的产业布局。这种精神，也就是中国传统文化中所说的"革故鼎新"。一个企业的掌舵人，能持续不断地"革故鼎新"，就能让企业保持持续不断的旺盛生命力。

佛山市中浩铝材机械设备有限公司董事长王瑛，自企业创办伊始，一直高度重视产品的创新研发，持续进行产品研发升级，科技赋能，快速响应市场变化，在研发、生产、销售等各个环节全面满足客户需求。同时，他以"装备中国、走向世界"为企业使命，放眼海外，布局全球。公司凭借技术、品牌、售后等综合优势，一路高歌猛进。

心有山海　逐梦远方

1973 年出生的王瑛，骨子里有着邵东人敢闯敢拼的基因。16 岁那年，他开始经济独立，从邵东野鸡坪镇的一个小山村来到了广西桂林。

123

从汽修学徒起步，后来自立门户开汽修店、跑短途运输，年纪轻轻，自己闯出了一条路。

然而，就在 1994 年，他的人生之路出现了一个分岔口。王瑛的父亲是大型国企涟源钢铁有限公司的一位职工，1994 年达到了退休年龄。根据地方以及单位政策，涟源钢铁公司尚有最后一批顶职指标。单位职工子女，只要符合相关条件，就可以顶替父母的编制参加工作。通过顶职，王瑛进入了涟源钢铁公司工作。

在涟源钢铁公司工作三年多时间后，王瑛成了单位的第一批下岗职工，怀揣为数不多的补贴金离开了"十里钢城"。

虽然下岗了，但生活还得继续。正如那些激励下岗工人的标语所言：下岗不失志，自强渡难关！王瑛也相信，天地如此之大，岂无自己施展拳脚的舞台？

人的成长，就是伴随着不断的自我挑战。下岗后，王瑛再赴桂林打工。随着年龄的增长，眼界的开阔，他决定做些有挑战性的工作。到桂林后，他进入了一家主营制冷设备的家电公司做销售。

销售，应该是世界上压力最大、困难最多的职业之一。一名优秀的销售员，在经历了无数的挫折、无数的挑战、无数的从头来过之后，从一次次挫败中走出来，突破一个又一个难题，最终变得坚韧、勇敢。王瑛决定通过这个职业来淬炼自己。

选择了一门职业，就全力以赴做到最好！这是王瑛一贯的行事风格。到家电公司做销售，王瑛从一个十足的门外汉，短短几个月已成为公司的销售精英。他说，做销售没有什么诀窍，如果硬要总结经验，那就是两个字，一个是勤，一个是诚。勤，就是要不辞辛劳去拜访客户，脚板底下出业绩永远不会错的；诚，就是对客户以诚相待，和客户交心，切实为他们着想，从而实现共赢。

在桂林那家家电公司做了一段时间后，王瑛的月薪达到了4000多元。更为关键的是，一段时间的销售工作，让他建立了自信，提升了和外界的沟通能力。

在桂林的家电公司，王瑛凭自己的业绩，赢得了尊严，获得了可观的收入，然而，成大事者始于不满足！一个追求卓越的人才有可能成大事。那些随遇而安、容易满足的人，是不可能用更高的标准来激励自己的。在家电公司做了几年后，王瑛感到这家公司已经无法给自己提供更大的舞台，在这里看不到更远大的未来，因而他决定再次逐梦远方。

经过反复考量，王瑛决意南下广东。广东，是中国改革开放的前沿阵地，特别是珠三角地区，是中国最具经济活力的地区之一，是很多人实现梦想的热土。

⊙中浩公司的厂房外景

⊙车间一角   ⊙专业团队

　　2002 年，王瑛离开桂林，来到了中国重要的制造业基地——佛山，进入一家铝材机械设备公司做销售。王瑛至今记得，刚进入这家机械设备公司上班时，每月的底薪只有 600 元，这意味着如果不能做出业绩，仅凭底薪吃饭都成问题。但他毫无悔意，他深知要挑战就不要怨天尤人，要实现抱负必然要付出代价。

　　底薪低，绩效高，王瑛乐意接受这种薪酬制度。他觉得安逸之下无勇士，高绩效能激发一个人的潜能。

　　在佛山的铝材机械设备公司，王瑛找到了自己的职业方向。进入公司后他了解到：机械设备装备制造业不仅在我国工业中所占比重、提供就业、对国民经济的贡献等均居前列，而且为新技术、新产品的开发和生产提供了重要的物质基础，是现代化经济不可缺少的战略性产业。这一行业前景可观，大有可为！

在铝材机械设备公司，王瑛一干就是 10 年，把人生中最绚烂的青春年华投入了这个行业，这 10 年时间也给予了他丰厚的回馈。因为工作关系，他跑遍了全国各地，开阔了眼界，增长了见识，锻炼了才干。与此同时，他的薪资也在不断增长，后来达到了 30 万元的年薪。

梦想不止　未来可期

2012 年，王瑛 39 岁，即将奔向不惑之年。在这一年，他开始郑重考虑自己的未来。难道自己这一辈子就只是打工？不！这不是他想要的生活。其实，在过往的岁月里，创业的想法一直在心中萌动，他不想辜负曾经的梦想。年近不惑，他觉得自己应该勇敢逐梦了。

凑了 50 万元，王瑛开始自主创业，做的还是熟门熟路的铝材机械制造。

创业之路从来不会一马平川、一帆风顺，而是犹如"千军万马过独木桥"，往往异常艰辛并且危机四伏。创业者选择创业那一刻起，就面临优胜劣汰的考验。

王瑛的铝材机械设备公司，在刚成立的 8 个月内，几乎没有接到大的订单，公司经营非常艰难。直到公司开业后的第 9 个月才峰回路转，连续接了三个大单，总算解决了公司的生存问题。

"说实话，那 8 个月的时间，对我来说是一种煎熬，我要面对经济和精神的双重压力，内心是非常焦虑的。走出创业这一步，我是孤注一掷的。我无数次在心里暗暗为自己打气，一定要挺住！"谈起创业初期的考验，王瑛不胜感慨。

在竞争激烈的市场中站稳脚跟之后，王瑛开始考虑公司的长远发展。在机械设备行业十来年的摸爬滚打，让他明白了一个规律，那就是

要想打开市场赢得客户，那就必须为客户创造价值，为客户解决实际难题。作为机械设备制造商，就必须不断研发新的产品，提升机械设备的自动化程度，为客户节约人力成本，实现降耗节能。

确定这一思路后，王瑛在产品研发上不断加大投入。创业前几年，甚至将公司全年80%以上的利润用于新品研发。新产品的研发是一个复杂的系统工程，要想取得突破，不仅需要持续投入资金，也需要集思广益，吸纳专业人才。为了加快研发工作进度，王瑛在自己公司组建研发团队之外，还联合了铝型材行业内的企业、专家、学者并肩作战。

付出就有回报。中浩公司研发出的"全自动节能型多支长棒热剪炉"，是集自动化、热能、液压、光电、保温为一体的加热设备，可使用天然气、液化气、石油等热能加热，采用全自动液压热剪机、自动数显控制加温等多项专利技术，具有自动化程度高、加热速度快、温度均匀、操作简

⊙ "中浩铝材机械"生产车间一角

单、能耗低等优势，适用于各种铝棒加热。同时可以根据客户需求进行非标设计，做到了个性化服务。

中浩公司研发的环带式冷床生产线，适用于各种铝型材挤压成型后的冷却、矫直、定尺、锯切、传送等。该设备采用多项新技术，实现了自动矫直、数字定尺、自动锯切、在线淬火等功能，有效防止了铝型材变形、刮伤，提升了产品成品率，降低了工人的劳动强度。中浩公司的另一拳头产品"时效炉"，是铝合金在挤压成型后进行时效处理的设备，该设备也采用了全自动集成控制、多点炉温系统等新技术新工艺，确保了铝材硬度均匀。中浩公司还研发出了真空木纹转印生产线，铝型材自动包装输送平台等在市场上备受追捧的设备。

王瑛研发新产品的方向就是提升机械自动化程度，有效降耗节能，实实在在为客户解决"痛点"，站在客户的角度去研发新品。

⊙王瑛和外商签约后合影

品质卓越的产品是一家企业的核心竞争力之一。王瑛带领公司的研发团队攻坚克难，大力推进铝材机械设备的技术创新，公司产品畅销全国自然是水到渠成的事。中浩公司获得了各种荣誉，尤令王瑛欣慰的是，一批大型铝型材企业将中浩公司评定为"优秀供应商"，这是对他莫大的褒奖与肯定！

在经济全球化的背景下，有远见的企业家都应具备全球化思维和全球化视野。在国内市场销售额稳步上升的基础上，王瑛将目光投向了国外市场。

铝材行业是一个国家重要的基础产业。进入 21 世纪以来，东南亚众多国家铝材产业逐步兴起和快速发展，这将为中国与之配套的机械设备制造企业提供新机遇。同时，中国正在大力推进"一带一路"建设，东南亚国家绝大部分都处在"一带一路"沿线，因而，王瑛决定将自己的出口业务以东南亚国家为突破口，继而辐射到其他国家和地区。

靓女不愁嫁。中浩公司的铝材机械设备凭借优良的品质，源源不断出口到越南、马来西亚、印度尼西亚、柬埔寨等东南亚国家，并迅速辐射到印度以及非洲的众多国家。

刚开始做外贸业务时，王瑛都是通过外贸公司接单。随着外贸业务与日俱增，王瑛为了在对外贸易中把握更多的主动权，于 2019 年注册了含有进出口业务的"广东中梓投资管理有限公司"。

机会总是留给有准备的人。王瑛注册好含有进出口业务的公司的第二年，也就是 2020 年，新冠肺炎病毒肆虐全球，很多行业受到极大的冲击。全球很多国家的装备制造业处于停摆状态，中浩公司却逆势上扬，2020 年出口量激增。

中浩公司由一个作坊式工厂蜕变成一个产销两旺、迈向全球市场的企业。作为掌舵人，王瑛一直保持着强烈的忧患意识。他深知，中国的机械装备行业和欧美国家还存在较大的差距。近年来，他先后赴欧美十几个国家考察学习，那些先进的技术和精良的设备让他深感震撼，也激发了他奋起直追的斗志。

订单不断，产能大幅扩张，自然面临产业布局调整。中浩公司位于佛山南海区狮山镇的生产基地规模有限，满足不了产能大幅扩张的需求。建设新的生产基地，迅速提升产能规模，是中浩公司进一步发展的迫切需要。

开辟新的生产基地，考虑到土地成本、人工成本等各种因素，经过综合权衡后王瑛决定将新的生产基地建在内陆省份。通过考察调研，他最终选择了湖北省监利市。监利的铝材、玻璃行业从业人数居全国前列，而且监利境内有示范生态铝产业园，形成了很好的聚集效应。2019 年 4 月，王瑛在监利购地 30亩，成立了湖北亿坤铝业有限公司。

从沿海到内陆，王瑛的产业布局已初步完成。但是，他还有一个更宏大的梦想，那就是进一步实现产业升级，完成机械智能化。王瑛对自我的超越，或将永不止步。对他而言，未来的每一天都是梦想的起航，中浩公司的目标，也早已指向更遥远的征途。

　　毛付碑，1977年出生于邵东市九龙岭镇，佛山市飞豹工具有限公司董事长，佛山市湖南省邵东商会执行会长。

毛付碑：在传承与创新中不懈攀登

改革开放伊始，一大批缺少资源与原始资本的邵东人，以"肩挑手提"的传统行商方式，筚路蓝缕，聚沙成塔，开创了蜚声国内的"邵东经济现象"。

青，出于蓝，而胜于蓝；冰，水为之，而寒于水。时光流逝，众多"创一代"已垂垂老矣，而"邵商"的影响力却与日俱增，成长为中国一支不容小觑的商业劲旅。邵东不少"创二代"已经领过父辈的接力棒，顺利完成了代际传承，他们继往开来，克勤克俭，励精图治，将父辈的事业弘扬光大。

佛山市飞豹工具有限公司总经理毛付碑就是邵东"创二代"的一个典型，他在父亲创下的基业上开疆辟土，即便没有白手起家的经历，也无损于他在商业上表现出来的创造性才能。

父亲的言传身教令其受益终身

毛付碑 1977 年出生于邵东九龙岭镇，其父毛昌述在改革开放初期就进军五金行业，是邵东第一批进入广东经营五金产品的先行者。当时正处于计划经济和市场经济的过渡时期，全国很多国营五金公司积压了一大批计划经济时代生产的五金产品，这些产品在改革开放后都低价处理。毛昌述抓住这一千载难逢的良机，在当时迅速积累了可观的财富。

在 20 世纪 90 年代初，五金生意做得风生水起的毛昌述，已经在广东番禺大石镇购买商品房安家兴业。在他的带动下，一大批邵东人前往广东发展。

1993 年，毛付碑从邵东三中初中毕业后，就被父亲带到了广东。父亲是个很开明的人，他虽然希望儿子通过读书出人头地，但不会偏执地认为读书就是唯一出路。他觉得儿子如果有心从商的话，悉心培养他的商业才能也未尝不可。

孩子的成长成才，最需要的是培植独立精神，学会独立思考和处理问题，最终成为有担当、有责任的人。父亲对毛付碑的要求非常严格，在毛付碑正式帮着父亲打理生意之前，父亲和他长谈了一番，父亲说："你选择经商，我赞成！但是，从此以后，你要靠自己的双手自己的头脑赚钱，我只会给你一份你应得的工资，你不要对我有过多地依赖。"

刚开始给父亲"打工"时，毛付碑做的是各种杂活。既要接洽来店里的客人，还要搬货送货。回忆起那段生活，他笑道：那时候每天都要搬"铁砣砣"。父亲告诫他说："你要想在五金行业立足，就得熟悉这个行业的市场特征、产品种类、销售服务，更重要的是要建立自己的广泛的行业人际关系。"

父亲的言传身教对毛付碑的成长至为关键，影响深远。父亲常对他说："做人要大方。要想把生意做好，就绝对离不开做人之道。一个商人如果不懂为人处世之道，那就是他的致命伤。在经商过程中，要主动'投之以桃'，别人才会'报之以李'。付出越多，收获越多，你怎样对待别人，别人就会怎样对待你；你越大方地给予，就会收到越多的回报，假如你吝啬小气，你就将一无所获。"父亲还经常告诫他，三分利吃饱饭，七分利饿死人。薄利多销、细水长流才是长久之道。

做生意是门大学问。一边是父亲的言传身教，一边是自己的用心参悟。毛付碑从投身商海的那一天开始，就把创业当成了梦想。在帮父亲打理生意的时候，他主动和不同背景、不同层次的人相处，不断拓展自己的知识面、丰富自己的生活阅历。同时，他积极收集行业内的商业资讯，不断参考同行的广告宣传以及营销手段。他深知，随着父亲年岁渐长，自己不久后将要接过父亲的担子，因而常和父亲探讨生意的发展思路，他觉得只有将自己的思路与父亲的经验结合在一起，才能进一步将生意做大。

演绎力量与速度的创业精彩

1999 年，经过近 6 年磨砺的毛付碑开始子承父业，全面主持家中的生意，父亲由掌控全局转变为背后辅佐。

⊙ "飞豹"品牌蕴含着速度与力量

135

"创二代"接班，他们的思维直接决定了企业未来的发展。在波涛汹涌的商海中沉浮，掌舵人需要创新，更需要稳中求进。父亲当时是中间经销商的经营模式，这种经营模式已经呈现出了很多的弊端，比如产品价格波动大，难以掌控；市场出现恶性竞争，有目光短浅的商家甚至打起了价格战；当时虽然没有电商的冲击，但电商行业已经处于萌芽状态。结合种种现状，毛付碑觉得传统经销商的经营模式，无法进行长久的、持续性的经营规划，只能在夹缝中求生存，赚取微薄的"中间差价"。要突破这一瓶颈，必须打造自主品牌。那种以价格取胜的思维应该转变了，采取品牌经营，以提高品牌溢价来获取更多的利润，才是将生意推向一个全新台阶的战略转变。

　　经过近一年时间的筹备，毛付碑于 2000 年尝试运营"飞豹"五金工具品牌。每一个品牌，都有着自己特定的内涵。毛付碑是这样诠释"飞豹"的：豹子，象征着力量与坚强，飞豹，则是力量与速度的完美结合。

⊙ "飞豹"实体门店

"飞豹"品牌所展现的力量，无疑是卓越的产品质量。品牌建立，质量先行。无论多么精彩的推广策略，都要建立在产品质量基础之上。只有保证产品质量稳定，才能赢得客户的信赖。若想在全国工具市场上占有一席之地，提高质量是关键。为了寻找高质量的五金工具生产厂家，毛付碑一次又一次深入浙江、湖南等五金生产基地。浙江永康是全国闻名的五金之乡，毛付碑曾在一段时间内走遍了永康的每一条大街小巷，地形不熟，就在当地租乘摩托车，找到了一批优质的生产厂家合作。

"一件工具，只要贴上了'飞豹'的商标，我们就有着严格的产品质量把控。绝不允许贴上'飞豹'商标的劣质产品流向市场。我们做品牌，就是一心一意做产品，为客户提供超附加值的东西。不搞投机取巧，不追求短期利益。"事关产品质量，毛付碑说他绝不含糊。

产品质量的精细化管理，让"飞豹"工具得到了市场的认可。在一家五金工具的专业网站上，"飞豹"工具的万能扳手、大力钳等单品，

⊙ "飞豹"工具展示厅

成为消费者信赖的十大品牌。

任何品牌投入市场，目的都是通过品牌效应为企业赚取更多的利润，争名竞利就是品牌创立的核心目标，也是品牌商的初衷。创立"飞豹"品牌后，毛付碑在确保产品质量的同时，也对"飞豹"品牌进行了形象包装。商标图案是一只腋下双翼、神采飞扬的豹子，整个品牌视觉识别系统采用黄绿相间的底色，显得生机盎然。

完成品牌的形象包装后，毛付碑不断加大对品牌宣传推广的投入。首先是在各类媒体上投放广告，增加品牌的曝光率，其次是积极参加国际国内各种展会，让"飞豹"品牌近距离和客户接触。

毛付碑尝到了品牌运作的甜头，他说："五金工具行业是一个已经比较成熟的行业，客户一般都有固定的供应商，要想发展新的客户不容易。但我们的'飞豹'品牌效应突显之后，很多客户主动找到我们，要和我们合作。"

短短几年时间，"飞豹"工具在全国开设了十几家自营旗舰店，发展了近千家经销商。同时，"飞豹"工具也飞出国门，销往全球数十个国家和地区。

经过20多年的发展，目前"飞豹"五金工具产品已逐步形成系列化、标准化、品牌化，不仅品种规格齐全，产品质量稳定，而且部分优质产品在国际国内市场上也有较强的竞争力。

对于未来的发展，毛付碑说："'飞豹'工具开拓国际国内市场可以说征途漫漫。我们将加速研发新产品，改进落后工艺，提高产品的科技含量，增加附加值，进一步巩固、扩大'飞豹'品牌的知名度和美誉度。"

子承父业，毛付碑作为"创二代"，在父亲创下的基业上实现了跨越式发展，将"飞豹"工具做成了一个口碑好销量大的品牌。

五金工具生意蒸蒸日上后，毛付碑开始考虑投资多元化。近年来，他先后涉足市场开发、娱乐休闲等多个行业，各项经营渐入佳境。

⊙毛付碑（前排左三）参加爱心助学活动

从青葱岁月到不惑之年，毛付碑将奋斗的汗水挥洒在南粤大地。作为"创二代"，他做到了富而不骄、华而不傲，锐意进取、自强不息。随着企业逐步做大，他也担当起应有的社会责任，在敬老助学等公益事业中屡屡慷慨解囊。但他信奉"积德无须人见，行善自有天知"，他说："我捐出去的钱物，都是凭心而为，从来不事张扬。"

"创二代"的历史使命是让凝聚家族历史与血汗的事业基业长青。毛付碑将现代化、专业化的精神内核赋予父辈创下的基业，将传承与创新完美融合，厚积薄发，未来可期。

　　谢茂，1981 年出生于邵东市黑田铺镇，佛山市雅辉环卫清洁服务有限公司总经理，佛山市湖南省邵东商会副会长。

谢茂：从低处着手　向高处着眼

曾有位学者在研究"邵东经济现象"时指出，邵东商人分布领域之广、涉足行业之多令人叹服，这是因为他们在创业过程中不会挑三拣四，不会放弃任何一个可能的生意机会。他们一旦进入一个行业，就会俯下身子，耐下性子，撸起袖子苦干到底，最终积跬步而行千里！

佛山市雅辉环卫清洁服务有限公司创始人谢茂，20多年前，从又苦又累又脏的下水道疏通、化粪池清理起步，逐渐打造出一家专门从事地下管线探测、工程测量、排水管道、闭路电视（Closed Circuit Television）和声呐检测以及管道高压清洗、清淤、市政设施维护等技术服务工作的专业公司。

干最脏的活　赚最干净的钱

谢茂，1981年出生于邵东市黑田铺圳玄村。他给人的第一印象是不事张扬沉稳练达，脸上总带着憨厚的笑容，无形中给人待人以诚、待人以善的踏实感。

1998年，谢茂来到佛山。那一年，改革开放已经进行了20年，那时的佛山还没有五个辖区，顺德还未并入佛山市，佛山当时的人均工资水平还不到1100元。

谢茂初到佛山，并没有进工厂打工，而是经营一家家政服务店。他的服务项目非常多，囊括了清洁服务、水电维修、瓷砖安装等业务。

之所以选择开家政服务店而不去打工，谢茂有自己的考量。他说："我既没有很高的学历，也没有专业技术，去打工的话肯定很难找到一份轻松高薪的工作，倒不如自己做点事，一开始钱赚多赚少无所谓，至少能慢慢积累经验，提升自己。"

在谢茂的家政服务项目中，清理化粪池的业务最多。这是一个门槛最低的行业，也是一个很多人不愿意从事的行业。创业之初，这项清理业务谢茂都是亲力亲为。广东天气炎热，他也得冒着毒辣辣的太阳，背着几十米长的管子，进入清污现场。清理化粪池，最难受的是刺鼻的异味。有一次，谢茂在清污过程中，抽粪管接头脱落，臭气熏天的秽物四处喷射。那一刻，令人窒息的异味，让谢茂吐得五脏六腑都要倒出来了。

尽管如此，谢茂还是选择了坚持。他觉得职业没有贵贱之分，再脏再累的事，总是需要人去做。况且，干最脏的活，赚最干净的钱，何尝不是一种最大的快乐！

家政服务店做了一段时间后，谢茂的业务稳步上升，每年能赚到两三万块钱。

"那时虽然每年有这么多收入，但我真的没攒下什么钱，我喜欢交朋友，赚了点钱，就和朋友们一起吃饭喝酒，钱基本上都花出去了。"谢茂笑称自己那时候对钱根本没概念。

其实，交朋友也是一种投资。俗话说："一个篱笆三个桩，一个好汉三个帮"，广泛的交际，无疑是事业的助推剂。谢茂豪爽的性格，让他积累了丰富的人脉资源。一个人在社会交往中，肯定会花去一些不知所踪的钱，但一个愿意为朋友花钱的人，是值得深交的人，也是值得信任的人。

2005 年，谢茂结束了创业路上孤独奔跑的生活，和李竹银携手走进了婚姻的殿堂。李竹银也是邵东人，精明能干，思维前卫。谢茂发自内心地说："我的事业能突飞猛进，离不开妻子在背后的默默支持，她不但将财务、人员管理、客户对接等事务打理得井井有条，而且在经营思路、方法等方面给我提了很多切实可行的建议。"

结婚第二年，谢茂就买下了第一台环卫吸污车。工欲善其事，必先利其器。有了自己的吸污车，谢茂拓展业务如虎添翼，再加上很多朋友、老乡接到的清污工程也都交给他做，每天忙得不亦乐乎。

为了规范化管理以及更好地拓展业务，谢茂于 2010 年注册成立了佛山市雅辉环卫清洁服务有限公司。

⊙雅辉公司施工现场一角

注册公司后，妻子李竹银觉得互联网的兴起，改变了人们的思维方式和行为习惯，很多人凡事都喜欢上网搜索一番，因而建议谢茂加大公司业务的网络推广力度。随后，公司在百度、赶集网、58 同城等十几个商业网站进行了密集的网络推广。

　　事实证明，网络推广切实可行，而且效果立竿见影。在网上，谢茂接到了当时最大的一个单。佛山市内的一家大型台资电子厂，在网上搜索到"雅辉环卫"的信息后，主动联系了他们，后来经过线下洽谈，电子厂最终将自己的环卫清洁工作交给了"雅辉环卫"。

　　谢茂说："我们以前自己上门去揽业务，一般都是一两万块钱一个单，而我们在网上接的单，很多都是几十万的大单。互联网的力量真的是太神奇了！"

用最初的心　走最远的路

对于一个创业者而言，起点可以低，但眼界必须高！从低处做起，脚踏实地，一步一个脚印；时刻保持一种低调、谦虚的态度。一个低起点的创业者，创业初期付出的辛苦会比别人更多，但正因为很多事情亲力亲为，对行业会有更深入的了解，对风险也有较强的规避能力，在扩张进击的途中能少走弯路。

⊙佛山风景如画离不开市政环卫工人的汗水浇灌

谢茂从清洁环卫起步，在公司步入良性发展的正轨之后，他开始涉足地下管线探测、工程测量、市政设施维护、道路工程等领域。

城市地下管线是指城市范围内供水、排水、燃气、热力、电力、通信、广播电视、工业等管线及其附属设施，是保障城市运行的重要基础设施和"生命线"。近年来，各地由地下管网问题引发的城市内涝、道路塌陷、管线爆裂等事故呈高发态势。由于不掌握地下管线的基本信息，城市道路屡屡"开膛破肚"。在此背景下，非开挖式城市地下管线检测修复，成为一个巨大的市场机会。

敏锐地捕捉到这一市场信息后，谢茂投入重金购买了一台进口的地下管线检测设备。这种设备具有蓝牙无线通信、GPS定位、专业数据分析软件自动成图、检测报告自动生成，以及超强抗干扰能力、精准定位等优异性能。

随着公司涉足的领域越来越多，公司的经营管理也面临新的挑战。谢茂在多年的摸索中，形成了自己一套独特的经营管理模式——

公司的发展离不开优秀人才的支撑。市场竞争随着社会发展只会越来越激烈，人才之间的竞争也逐渐成为重心。优秀的人才往往是企业发展的核心，也是企业的核心竞争力所在。为了培养人、激励人、留住人、成就人，谢茂在员工培训方面投入了大量的人力财力精力，随时随地组织员工培训。目前，公司有员工数十人，每个人都能在各自岗位上独当一面，这让谢茂无须为琐事过多操心，能腾出手来做更重要的事情。

公司要发展，设备是硬件。俗话说得好："巧妇难为无米之炊。"公司业务量的拓展，离不开先进设备的助力。虽然人才等其他条件对一个企业非常重要，但要是没有先进的设备，拥有再多的人才也无用武之地。在购买大型工程车以及先进设备上，谢茂毫不含糊，出手不凡。

市政公司发展到一定规模后，想要提高竞争力以及自身实力，资质升级就成为必然选择。资质等级低，是不能满足企业扩张要求的。近年来，为了完善企业各类资质，谢茂不断加大投入。

把握了市场机遇，"雅辉环卫"确定了"稳健经营，滚动发展"的战略定位，在激烈的市场竞争中，培养了一支专业化的环卫市政工程运营管理队伍，建立了现代化的运营管理体系，在广大客户中树立了良好的公司形象，也取得了一大批客户的信赖。佛山市中医院、佛山恒安瑞士大酒店、一汽大众佛山分公司等都成为谢茂的服务对象。

拥有丰富的管理经验和优秀的技术团队，谢茂在业界也树立了自己的个人品牌。广东中山、肇庆以及国内其他城市的一些市政公司，在运作一些大型市政工程时，都热忱邀请谢茂担任项目工程的技术顾问。

从清理化粪池起步，到涉足高科技含量的市政工程，谢茂对环卫市政事业有了一份由衷的热爱。随着公司逐渐发展壮大，谢茂为一群有理想有能力的伙伴提供了施展才华的舞台，一起前进共同成长，或许这就是他当年创业的初心。坚守初心，砥砺前行，是他未来的方向。

古罗马的一位哲人说过这样一句话："要想达到最高处，必须从最低处开始。"如果一个人只会抬头朝天盯着最高处，而不知低下头从最低处着手，那么再大的志向也是一场空想。眼高手低的人从来不会有什么大的作为。

回顾谢茂 20 多年的创业经历，正是因为他做别人不愿意做的事，吃别人吃不了的苦，才成就了别人成不了的事。多年以后，回望自己走过的路，他能问心无愧理直气壮地说："我没有辜负这个伟大的时代，它使我有机会去实现自己的梦想和价值。"

　　王多华，1975 年出生于邵东市团山镇，佛山市京湘宇燃料油贸易有限公司总经理，佛山市湖南省邵东商会副会长。

王多华：无惧风雨　重油贸易叩开财富门

　　鲜衣怒马少年时，一日看尽长安花。人人都有少年时，却不是人人在少年时代都能鲜衣怒马，春风得意。更多的人生，都是经过风雨洗礼之后，才有最终的熠熠生辉。

　　1992 年，一位 17 岁的少年，怀揣东拼西凑的 30 块钱盘缠，带着改变命运征服贫穷的初心，从老家邵东市团山镇三和村出发，取道衡阳，踏上了南下广东的绿皮火车。在广东佛山这片热土上，踏实苦干的他，在小工厂做过操作员，在油库做过装卸工，上下求索，最终涉足重油、沥青行业，拼出了自己的一片天地。

　　这位从邵东一个小山村走出的少年，就是佛山市京湘宇燃料油贸易有限公司的总经理王多华。

　　王多华的创业经历令人激奋：十年前你是谁不重要，昨天你是谁不重要，最重要的是：今天你是谁？十年后你是谁？我们绝大部分人都不是含着金汤匙出生，命运给你一个比别人低的起点是想告诉你，让你用你的一生去奋斗出一个绝地反击的故事。这不是励志鸡汤，而是这个世界最真实的生存之道。

⊙王多华的家乡，境内多是丘陵山岗

梦在前方　路在脚下

　　王多华 1975 年出生于邵东市团山镇三和村。12 岁那年，积劳成疾的父亲撒手尘寰。父亲去世后，18 岁的大哥扛起了这个风雨飘摇的家，他到镇里的小煤窑挖煤，供三个弟妹吃穿、读书。大哥的付出，对年少的王多华影响极大，让他早早明白了，一个男人最优秀的品质，就是担当。一个真正有担当的男人，无论他多么平凡，都会承载着使命去生活，用自己的力量为世界散发光与热。

　　因为家庭条件的制约，王多华无法通过求学去改变命运。1991 年初中毕业后他就辍学了。走出校园的第一年，王多华也一片迷茫，只好沿袭父辈面朝黄土背朝天的老路，在家种地。他回忆道："那时种地都没有本钱，缺钱买肥料。我种的一季水稻，因为缺肥，颗粒不饱满，一担稻谷挑起来轻飘飘的。"

必须走出三和村，待在家里是没出路的！大哥看到王多华小小年纪在家务农，开始四处为他寻找门路。所谓出路，就是走出去才会有路。1992年底，大哥通过一个在广东佛山打工的熟人，决定将王多华送到佛山去打工。

当时，从邵东到佛山，一路的车费共需要30块钱。一家人东拼西凑，也才凑够25块钱。俗话说，一文钱难倒英雄汉！差5块钱的车费，肯定无法成行啊。在举借无门的情况下，大哥只好连夜将自家山里最大的一棵松树砍掉，作价5块钱卖给当地一家小煤窑。这才凑够王多华南下广东的路费。

近30年过去了，王多华至今还记得自己南下广东前的那个夜晚，大哥打着手电筒带他到山上砍树，兄弟俩深一脚浅一脚地抬着树送到小煤窑。每当回想起这一幕，他既感到辛酸，也感到无比的温暖。在最艰难的日子里，兄弟一起挺过来了。

经过十几个小时的路途，王多华终于抵达佛山市南庄镇。在南庄镇，王多华进了一家小塑料厂。

20世纪90年代初进入广东打工的人，回忆起往事，大都唏嘘不已。王多华说，那时候肯定吃了不少苦，不过现在回头看来，这是一种历练，一种成长，也可以说是一种青春记忆。

第一个月试用期，王多华仅领到30块钱的工资。人生第一次领工资，令他兴奋不已。虽然只有区区30块钱，却给了他莫大的成就感和满足感。

1994年，经人介绍，王多华进入一家经营重油的私企打工。重油是原油提取汽油、柴油后的剩余重质油，其特点是分子量大、黏度高，其发热量很高，是工业生产的优质燃料。佛山是中国重要的制造业基地，陶瓷厂、铝厂、玻璃厂林立，在新环保法出台之前，重油广泛运用在这些行业。

邵东人在佛山

在那家重油油库，王多华一开始是做装卸工，也就是凭力气赚钱，根本无须技术。在油库工作一段时间后，王多华深刻意识到，学习一门技能是安身立命的基础。有句俗话叫作"一技傍身，荒年不愁"。掌握一门技能，不仅可以改善生活水平，也增加了更多追求美好生活的机会。这门技能，最好是自己能为之付出一生的时间和精力去钻研的技能，也就是一门终身技能。唯有如此，一个人才有可能在激烈的社会竞争中站稳脚跟。倘若一个人一辈子靠出卖力气赚钱，难免就会活得随波逐流，庸庸碌碌。

意识到这一点后，王多华开始用心学习重油的有关知识，不但向油库的技术人员请教，也翻阅相关的专业书籍。年轻人只要潜心学习一门知识，没有学不精的道理。通过几年时间的钻研，王多华成了公司最为权威的技术指导，能为客户提供最佳的燃料配方。

新的起点　新的征程

制造业水平在不断提升，制造工艺也在不断更新换代。时至2005年，佛山一大批陶瓷厂都进行了技术改造，其中的锅炉由原来的烧油改为烧煤。在此背景下，王多华工作的那家油库业务量日渐萎缩。与此同时，那家油库老板也有了新的投资项目，因而结束了油库的经营。

在那家油库，王多华整整工作了十年。油库的关张，对王多华而言，既是一个终点，也是一个全新的开始！在油库工作的十年，他获得了相应的报酬，更为重要的是掌握了经营重油的专业技能。

工作了十年的油库关张那年，王多华正面临巨大的经济压力。那时，他已经在佛山按揭买房，每个月要还几千块钱的房贷，同时也已结婚生子，孩子嗷嗷待哺。失业在家赋闲几个月后，王多华决定自己经营重油生意。

他认为虽然佛山的一批陶瓷厂进行了技术改造，不再购买重油，但重油的用途广泛，市场前景依然广阔，只要自己用心经营，照样大有可为。

掏出打工十年攒下的全部积蓄——13万块钱，王多华在南庄镇租下了两亩地，建起了一个小型油库，踏上了自主创业之路。

"我能够自立门户创业，离不开十年打工积累的经验和资源。直到今天，我对原来的老东家还是心存感激的！"回顾既往，王多华感触良多。在油库工作十年，他结识了一大批客户，这些客户，成了他创业的坚实基础。

创业初期无疑是困难重重。刚建起油库时，业务量不大，为了节省开支，王多华没有聘请工人，事无巨细都亲力亲为，一人分饰多个角色：业务员、装卸工、技术指导、财务……

众所周知，重油行业的价格波动较大。为了和客户建立长期稳定的合作关系，同时消除客户的后顾之忧，王多华采取按月份协议价给客户供货。无论油价如何上涨，他始终按照协议价供货。

⊙京湘宇公司外景

⊙创业之初，王多华经营的是小型油库

经过近三年时间的苦心经营，王多华的油库客户越来越多，业务量越来越大。他乘势而上，在 2008 年成立了佛山市京湘宇燃料油贸易有限公司。

心有多大，舞台就有多大。创业之初，王多华仅将销售重点放在广东乃至珠三角地区。随着对重油行业的深入了解以及人脉积累，他开始将销售触角延伸至全国。2012 年，他在广东肇庆以及山东建立分公司，修建油库，开始走上储存、销售、加工一体化之路。

作为创业者，必须学会倾听市场，要有敏锐的商业眼光和开阔的商业眼界，如此才会发现有价值的市场信息，发现蕴含巨大商机的"蓝海"。

通过相关媒介，王多华了解到，随着我国对交通基础设施投资力度的持续加大，道路沥青市场需求占比也持续上升。毕竟，水泥路面改沥青路面后，具有摩擦性能强、提高行车安全、抗化性高、噪声低、扬尘少、行车更舒适且维修方便等优点。在此背景下，沥青销售肯定前景可观。2017 年，王多华和中石化华南分公司签订了沥青贸易协议，代理他们的沥青销售。如今，王多华的沥青销售已经打入了云南、贵州、湖南等多个省份。沥青销售也成了王多华公司的一个重要盈利增长点。

⊙京湘宇公司获得公益爱心企业荣誉

出走半生闯荡世界，游子永远心系家乡。王多华虽然外出打拼已近30 年，并已在佛山安家立业，成为新佛山人，但他的根永远在邵东，他的情永远系于团山镇，他魂牵梦绕的地方永远是三和村。他对家乡的情一直没有变，相反，年纪越长，对家乡的眷恋之情越深。这些年来，他对家乡的公益事业经常慷慨解囊，无论是修路架桥还是解危济困，他都尽心尽力！

宁喜能，1983年出生于邵东市野鸡坪镇，佛山市喜事多家居有限公司总经理，佛山市湖南省邵东商会执行会长。

宁喜能：为行业发展赋能　互利共赢"喜事多"

市场需要分工合作，才能更好地实现资源配置，多方共赢。品牌企业和配套企业的精诚合作，能做到功能互补，协同创新。李克强总理在2021年政府工作报告中提出，要发挥大企业引领支撑和中小微企业协作配套作用。促进产业链上下游标准有效衔接，弘扬工匠精神，以精工细作提升中国制造品质。

佛山市喜事多家居有限公司总经理宁喜能，在自己的创业过程中，有效利用了自有资源，潜心为大企业大品牌提供极其专业化的服务，做自己最熟悉拿手的事，在专、精的路上越走越远，最终形成了自己的品牌优势，在全国定制家具、配套服务领域，处于领先地位，真正做到了为行业发展赋能，成了"产业的配角，配套的主角"。与此同时，他代加工与创品牌并驾齐驱，走出了一条切合自身实际的发展路子。

乘风破浪待有时

宁喜能的职业生涯是从旅游服务开始的。1983年出生于邵东市野鸡坪镇井田村的宁喜能，2005年从湖南第一师范学院旅游管理专业毕业后

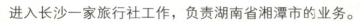

进入长沙一家旅行社工作，负责湖南省湘潭市的业务。

在旅行社工作的一年多时间，宁喜能主要负责老年团的组织。虽然他所负责的区域在全省业务量名列前茅，但这份工作让他了无激情。二十多岁的人，有闯劲有干劲，渴望更大的舞台。

2007年，宁喜能从旅行社辞职南下深圳。深圳是中国最年轻的城市之一，这里永远充满活力，永远富于激情，是许多年轻人青春梦想的绽放之地。在深圳，宁喜能进入了一家船舶服务公司。公司主要为全球各地到达深圳港口的船舶提供物资供给、垃圾油污清理等服务。

在船舶服务公司干了一两个月后，精明能干的宁喜能了解到：船舶上负责后勤以及物资采购的是大副。只要和一艘船舶上的大副建立良好的关系，就不愁揽不到业务。

做业务的最高境界就是和客户交朋友。为了拓展业务，宁喜能找一切机会和很多船舶上的大副打成一片。这些大副都是来自不同的国家，

⊙狮舞岭南，传奇佛山

有着不同的兴趣爱好。有的大副喜欢中国美食，宁喜能就给他介绍深圳的美食名店；有的大副喜欢观看香港电影，宁喜能就为他收集影碟……

人情练达即文章。一个待人热情、温和敦厚的人，总是让人如沐春风。和一批船舶上的大副打得火热后，宁喜能所在的公司自然业务源源不断。

然而，令宁喜能始料不及的是，正因为自己的业务能力太强，最终砸了自己的饭碗。宁喜能所在的船舶服务公司生意一枝独秀后，遭到了一些同行的忌恨，从而引发系列矛盾。他选择了急流勇退，离开了那家公司。

从船舶服务公司离职后，宁喜能进入了总部位于深圳的一家全国知名的企业家培训机构。在这家培训机构工作，宁喜能说他最大的收获就是结识了一批优秀的创业者。和谁成为朋友，有怎样的朋友圈，往往和一个人的性格、见识、三观、格局以及对未来的追求息息相关。正如股神巴菲特所说："血统不会影响一个人的未来，但交际圈会。"在培训机构工作的这段经历，可以说在某种意义上改变了宁喜能的人生轨迹。

乘风破浪待有时。每天和一些企业家交往，这触发了宁喜能创业的激情。他决定回家乡邵东创业，创业的项目是豆腐加工。他的老家靠近佘田桥镇，而佘田桥的豆腐，因其洁白细嫩、味道香甜鲜美闻名遐迩。他想通过继承传统制作技法，再加以科技创新，将佘田桥豆腐这一地方美食发扬光大。筹集了六七万块钱的资金，他风风火火地干了起来。

从行业痛点敏锐洞察创业商机

良禽择木而栖，良臣择主而事。人的一生，总会在选择中不断调整前行的方向。

2009 年，通过朋友举荐，广东天元汇邦新材料股份有限公司向宁喜能伸出了橄榄枝。公司愿以 15 万元的年薪聘请他为业务员。宁喜能对这家公司非常熟悉。公司总部位于佛山，主要生产装饰纸、三聚氰胺浸渍纸、氨基树脂膜等装饰产品，是国内最大的制造和加工装饰材料的企业之一。

　　一个好的平台能够成就一个更好的自己。宁喜能决然放弃家中的豆腐加工项目，再次赴广东发展。

　　毫不夸张地说，销售才能帮助很多普通人在激烈的社会竞争中立足继而改变了命运。熟悉宁喜能的人，都知道他对于销售有自己独到的见解与主张。

　　进入"天元汇邦"后，宁喜能将自己的销售才华展现得淋漓尽致。在这家公司，当时绝大部分业务员的销售策略，都是开发终端客户，也就是联系国内外的家具厂。宁喜能则在开发终端客户的同时，剑走偏锋，直接联系家具设计师。家具设计师会与工厂打交道，需要工厂来帮他们实现设计落地，因而，设计师紧密地连接着市场。宁喜能认真倾听设计师的设计理念以及对材质的需求，然后将这些信息及时反馈回公司。和

⊙宁喜能（右）和同事研究工作

一大批家具设计师通力合作后，宁喜能的业绩不断攀升。设计师，成了他连接家具厂最有效的纽带。

天赋能让一个人熠熠生辉，努力也能。而一个有着销售天赋的人努力地开拓市场，肯定能创造奇迹。进入"天元汇邦"一年多后，宁喜能给公司带来了1000多万元的销售量。

在公司做销售只是一个过程，创业则是宁喜能心中不灭的信念。在家具装饰材料行业摸爬滚打三年时间后，宁喜能敏锐地发觉：全屋定制的材料配套以及相关输出服务大有可为。这些相关企业，在生产过程中，要面对多种类多渠道的采购，不但要耗费巨大的人力物力，也会造成产品积压。自己如果能够打造一个配套材料的一站式平台，就能为这些企业解决上述痛点。找到并解决市场痛点，就能抢占市场先机。市场定位清晰，就是一个好的商业模式。

2012年，宁喜能在湖南长沙代理"天元汇邦"产品的同时，在长沙开设工厂，着手搭建定制家居材料一站式平台。从单纯做销售到经营管理一家企业，这对宁喜能而言是一种新的考验与挑战。毕竟，企业经营是一个系统而复杂的工程。

⊙喜事多致力打造一个配套材料的一站式采购平台

　　真正的高手，都能从纷繁复杂中抓住要点。做全屋定制的配套材料，宁喜能首先秉持的理念就是追求高品质。首先，对原材料的采购严格把关，他深谙只有高品质的原材料才能制造出高品质的家具。麻袋上绣花，出不了精品刺绣，因为底子差。其次，在生产工艺上，他也明确提出"品质零缺陷"的要求，所有产品都严格按照 ISO9001 和日本丰田6S 管理体系执行，包括木材含水率要求、铝材成型率要求、家具尺寸要求、产品外观和变形度要求等。针对"同色配套"的色差问题，公司严格甄别两种原材料的各项系数，建立标样档案，严控对色环节，保证在二次加工过程中配色度达到95%以上，使产品的观赏性和统一性完美结合。

　　广东省是中国家具产业最重要的生产、流通、出口基地。广东家具产业凭借其完善的产业配套能力和强大的物流效率，形成无可比拟的产业优势，一直牢牢占据国内家具产业的龙头地位，赢得了"中国家具看

⊙ "喜事多"部分合作伙伴

⊙ "喜事多"公司展厅

广东""世界家具广东造"的美誉。因此，宁喜能于2013年正式入驻广东佛山南海区小塘工业园，注册成立"佛山市喜事多家居有限公司"。"喜事多"，蕴含了"人人多喜事，家家喜事多"的美好寓意。

"喜事多"的生产场地达2万多平方米，设立了包覆、移门、木工、柜门、膜压五大车间。公司斥巨资购进了行业领先的线条成型设备、高频拼框设备、PUR热包设备、恩德加工中心以及正负压吸塑设备，并配套了无尘房、除湿房、实验室。

栽得梧桐树，自有凤凰来。朝气勃发风华正茂的喜事多公司，很快将行业内一大批顶尖人才纳入麾下。

围绕用户需求，完善产品体系。这一直是"喜事多"孜孜以求的目标。经过一段时间的发展，"喜事多"的家居配套产品囊括了包覆铝材、木线条、百叶、实木线条、定制移门、拼框门、吸塑门、同色三胺纸、PVC膜等系列产品，真正满足了客户一站式采购的需求。毫不夸张地说，一家家居企业只要找到了喜事多，就基本上可以解决它在定制、配套材料中的所有问题。

依托优质的服务和完善的产品体系，喜事多逐渐在家居行业崭露头角。其合作伙伴的名单中，不乏"欧派""索菲亚""兔宝宝"等国内一线品牌。喜事多团队也乘势而上，不断将现有商业模式放大，不断复制扩张，在全国十几个省市招募加盟商，抱团形成竞争优势，奠定了行业领先地位。

创新路上奋力前行

变，才是永恒的不变！面对瞬息万变的市场环境，面对个性化、多样化的顾客需求，面对优胜劣汰的游戏规则，企业只有根据市场变化作出调整，才能赢得更多的客户，持续地发展壮大。在将全屋定制材料配套做成行业标杆后，宁喜能顺势涉足装修工程配套，并和碧桂园、雅居乐等公司紧密合作。

随着人才、技术储备的不断充实，喜事多公司从 2020 年开始在佛山做全屋定制。在市场实践中，宁喜能发现：当今众多的消费者比以往更加重视自己的"时间价值"。他们不会把时间花费在一些无意义的选择环节中。消费者会习惯性通过在线搜索和朋友圈询问等方式敲定初步意向，然后和数家全屋定制企业联系，进入比较和选择环节。在此背景下，他觉得全屋定制必须依托互联网平台，实现线上线下融合，在线设计、在线下单、线下生产、上门安装。如今，喜事多的全屋定制慢慢在消费者中间树立了口碑。在搭建电商平台的同时，宁喜能也着手开拓外贸业务，如今他的一些代加工产品已成功打入欧美市场。

近十年时间的耕耘，佛山喜事多家居公司已成为一家成长迅速、发展势头良好的企业，可以说是行业内冉冉升起的一颗新星。然而，其掌舵人宁喜能始终保持着忧患感和进取心，他说，故步自封，因循守旧必然要被市场淘汰，公司要想在激烈竞争中突破重围，实现长远发展，创新必定是关键。要用创新引领未来，把品牌做精，把渠道做宽。在承揽工程项目、外销、电商等渠道进一步开拓、深耕，还要引进新技术新材料，开发更多专利产品，致力于为消费者提供更优的整体家居方案！

邵东人在佛山

　　姜全胜，1982 年出生于邵东市牛马司镇，广东东涛手套有限公司创始人，
佛山市湖南省邵东商会执行会长。

姜全胜：自我突破　乘得东风行万里

在广东东涛手套有限公司创始人姜全胜的办公室里，依次挂着佛山地图、广东地图、中国地图。这三幅地图，承载了他创业的激情与梦想。特别是凝视中国地图时，他头脑中立马浮现出祖国的辽阔山河，从而回想起自己当年驾车走遍大江南北跑手套业务的峥嵘岁月。而对于现在才30多岁就将事业经营得风生水起的他而言，可谓墙上一张图，胸中百万兵。

⊙姜全胜办公室里的三幅地图

强者自渡　低谷中咬紧牙关

年少轻狂，总以为天下事无可不为。很多初出茅庐的年轻人，都会为自己的自以为是付出代价。1982 年出生的姜全胜，也曾在 20 岁出头的时候，因为自己涉世不深，在现实生活中碰了壁，欠下了几十万元的外债。

2005 年，因为债务缠身，姜全胜只好带着爱人离开家乡邵东，来到广东肇庆打工。年少时犯错，唯有自我救赎。作家三毛曾说过："心之如何，有似万丈迷津，遥亘千里，其中并无舟子可以渡。人，除了自渡，他人爱莫能助。"一个人最大的依靠，永远是自己，别人只是路过，是"看客"。最深的安全感，来自内心的强大。有些笑容背后是紧咬牙关的灵魂，众生皆苦，唯有自渡。

他说："年纪轻轻欠下几十万的外债，心里肯定悔恨交加，我肯定不想一辈子背负外债过日子，当时我最强烈的愿望就是挣钱还债。"打了一个月工后，姜全胜心想：靠打工这份微薄的收入，要到猴年马月才能还清债务。自己要想尽快还清债务，还是要经商。

在肇庆市怀集县，姜全胜和一个同学合伙做起了文具批发生意。同学出资 3 万元，姜负责具体运营。在一个人生地不熟的地方以极少的本钱开店，要想打开局面，真可谓难比登天。

先生存，再发展。经历过挫败的姜全胜，已经变得非常务实。为了在怀集站稳脚跟，他每天凌晨就起床去摆地摊，中午则顶着毒辣辣的太阳去跑业务，晚上还要挨家挨户去送货。

为了经营好这家文具批发店，姜全胜可以说想尽了办法，拼尽了全力。尽管如此，文具店经营一年后，生意依然没有大的起色，开店的收入甚至比不上打一份工。在这种情况下，那位和姜全胜合伙的同学萌生了退意。他决定退出文具店的经营，并答应将其投资的三万元，借给姜全胜用一年。

创业，很多时候成功与失败只在一念之间，这一念就是熬下去或者放弃，正是"永不放弃"这一信念支持着，让很多人最终出人头地。创业贵在坚持，在困难和挫折面前，坚持需要意志，需要毅力。只要不放弃，只要熬得过来，就会变得更加强大。

熬了两年多时间后，姜全胜靠时间的沉淀，慢慢地积累人脉，他在怀集县的文具批发生意慢慢火了起来。凭着几年时间的拼搏，他终于赚到了几十万。2008 年底，姜全胜第一次回到了阔别三年多的家乡。这次回家，虽然说不上是衣锦还乡，但对姜全胜而言却是意义非凡，他终于可以还清外债，堂堂正正做人了！人生，也可以说翻开了新的一页。

在外人看来，年纪轻轻的姜全胜实现了"触底反弹"，又有多少人知道他那三年多时间经历了什么呢？姜全胜说："我现在和一些朋友以及公司员工说起那三年多时间的经历，他们都不能相信。那三年多时间，我几乎没有双休日没有节假日，每天都是起早贪黑地干。而且，我们当时的生活条件可以说非常恶劣，我们租的是破旧瓦房，里面非常闷热，广东雨水多，晚上下暴雨的时候，房间里面直接进水，我们得用桶子将房间里的水提出去。床上的被子，一年到头大部分时间都是霉迹斑斑的……"

俗话说：无债一身轻！还清债之后，姜全胜决定改行。他之所以有这个想法，是出于以下两个方面的考虑：首先是文具批发的市场体量有限，到 2008 年，他在怀集县的文具批发，其市场占有量已经做到了数一数二，销量要想有大的突破已经非常困难；其次，文具批发的旺季和淡季非常分明，旺季是在开学之前，每天忙得焦头烂额，累得心力交瘁，但旺季很短暂，其余时间都是淡季。

郁东人在佛山

姜全胜和父亲谈了改行的事。父亲听后勃然大怒，极力反对！父亲认为：在怀集县做文具批发，已经有了稳定的销售网络，每年能赚几十万，是多少人梦寐以求的好事。一旦改行，隔行如隔山，又要重新开拓市场，前景未卜啊！父亲甚至以"断绝父子关系"来阻止儿子"瞎折腾"。姜全胜虽然理解父亲的良苦用心，但对于自己的创业方向却不想被父亲影响和左右，还是决定按自己的思路走。毕竟，一代人有一代人的思维，一代人有一代人的玩法。

勇往直前　长风破浪会有时

唯有不安于现状，才能刷新人生。只有把一次次的成功和失败当作新的起点，不断地挑战人生的新高度，不断地向自己提出更高的目标，不断地挑战未知的世界，提升自我，才会发现，人生最美丽的风景，其实就在于每一次的扬帆起航中。

⊙ "东涛手套"仓储中心

经过慎重的市场考察，姜全胜决定放弃文具批发生意，从事百货批发。家乡邵东是全国著名的小百货集散地，组织货源可谓轻车熟路。而且，邵东是全国乃至全球名列前茅的打火机生产基地。在决定做百货批发之前，他就注册了"东涛"商标，让邵东的打火机厂家为其贴牌生产。

结束文具批发生意，姜全胜怀着感恩之心做了两件事。一是将自己仓库余下的价值二十多万元的尾货，全部无偿送给那些合作多年的老客户，以感谢他们此前的支持；另外他怀揣现金，拜访那些曾经赊货给他的商户，将所欠尾款全部结清。

做百货批发，果然比文具批发生意火爆。不仅打火机销量巨大，而且在市场摸索的过程中，姜全胜还发现了一个更大的商机。那就是手套的销售。手套是劳保品，也是易耗品，广泛适用于建筑、开矿、纺织、打磨、铸造、汽修等众多行业，市场需求量极大。

捕捉到这一市场讯息后，姜全胜当机立断，将全部精力投入到手套销售中。实施"单点突破"，少做一点事情，把一件事做好，做到极致，这是最好的策略。为了占有价格优势，他主动联系了国内数家大型手套生产企业，最终代理了一个知名的品牌手套，实现了"货走源头"。

姜全胜说，一家公司在初创阶段，老板就是最好的业务员。因为公司是自己的，所以老板不会以打工者的心态去和客户谈生意。老板自己谈业务，考虑更多的是做这单生意的风险、利润还有长远效益等。最开始做手套销售时，姜全胜也是自己跑业务。他做生意有个原则，就是会自觉维护老客户的利益，绝不会为了发展新客户而做出损害老客户的事情，也就是一次成交，终身朋友。服务一个客户，留住一个客户，将其转化为老客户。

又用了将近三年时间，姜全胜在怀集县的手套批发，领跑行业。到2011 年，他在怀集的手套批发，年销售量突破了 1000 万元。共有六台货车送货，产品辐射了怀集周边的县市。

　　人的一生，就是一个生长、发展、壮大，逐渐走向成熟的过程。在这个过程中，人生面临的一个最大问题，就是能不能不断实现"突破自我"的问题。在怀集做手套批发，终究还是有地域局限。而到广州、佛山等城市去经营，则能更好地开拓全国乃至全球市场。有鉴于此，姜全胜决定转战广州或是佛山，经过一番市场考察，他最终选择扎根佛山。而在怀集的生意，他交给了弟弟做。

　　2012年8月1日，姜全胜的手套批发生意，正式进驻佛山。结合自己的行业特点以及当时的市场趋势，他选择了仓储式经营。

　　新的起点，新的赛道。对姜全胜而言，又是一次新的自我挑战。移师佛山后，姜全胜真正将销售的触角伸向了全国。他带着妻子，驾车跑遍了全国各地。他不仅到了东北的雪城牡丹江，也去了西藏的偏远小县城。刚开始跑全国市场时，姜全胜两口子可以说是孜孜不倦日夜兼程的。他说："我们有时候晚上在一个县城陪客户吃饭，即使到了晚上11点，为了节省时间，我们也不会在这个县城住宿，而是要赶往下一个县城，以便第二天有充裕的时间和新客户洽谈业务。"

　　一个人的见识和格局与其接触过的人，经历过的事是密不可分的。跑业务就是不断链接到人和信息，只要出去跑，就会有洞察，就能提升自我。跑遍全国各地，让姜全胜的眼界更为开阔，思维更为敏捷，对他而言是一种卓有成效的深造。

矢志不移　星光不负赶路人

　　生活不会辜负每一个足够努力的人。在佛山经营几年后，姜全胜的手套销售业绩连年递增。

虽然销量稳中有升，但在姜全胜心中，一直有一个难言之隐。那就是他这些年来，一直走的是贴牌生产的路子，自己没有生产基地，因而很难接到行业内的采购大单。这使他的事业进一步发展受到掣肘。首先，从企业自身的角度来说，自产自销在有限的范围内更能保证产品的品质，从而保证自己的口碑，打出品牌效应。其次，对于有一定销售规模的公司来说，建立自己的生产线，在一定程度上可以降低经营成本，省去一些不必要的麻烦，比如不用担心合作对象毁约，不用支付中间商差价，等等。

一定要建立起真正属于自己的手套生产基地！在一段时间内，这个强烈的念头一直萦绕在姜全胜头脑中。

在手套行业深耕十余年，姜全胜知道：马来西亚是全球最大的手套出口国，特别是乳胶手套，因为其拥有原料、人工成本以及制造工艺等诸多优势而畅销全球。而且，马来西亚的手套出口到中国是免关税的。

⊙佛山风光

智者总是善于通过别人的力量来完成自己的目标。所谓他山之石，可以攻玉。经过反复考量，姜全胜决定将生产基地建到马来西亚去。为此，他和妻子先后多次赴马来西亚实地考察。2017年，他终于在马来西亚找到了一个合适的合作伙伴，在当地投资数百万元，建起了手套生产基地。因拥有明显的产品优势，基地投产后，姜全胜带着在马来西亚生产的优质产品，在全国各地不断参加劳保用品展销会，产品备受青睐，一时间供不应求。

2020年伊始，新冠肺炎疫情席卷全球。因各种因素，姜全胜在马来西亚的生产基地无奈关停。他说："在疫情面前，我感到个人是何等的渺小，但是，我们都可以尽自己的一分力量，去共同面对这场灾难。"2020年1月24日（也就是农历2019年的大年三十），得知家乡邵东疫情形势严峻，姜全胜立即联系了邵东有关部门，表示愿意捐献一车价值7万多元的一次性乳胶手套，并当天在佛山租货车将手套送往邵东。后来，他又为邵东的抗疫捐献1万元现金。

⊙ "东涛"手套仓储中心

尽管马来西亚的生产基地关停，但姜全胜一直没有放弃建自己的生产基地的梦想。2021年，他在广东湛江的生产基地正式破土动工。该生产基地拟引进全球最先进的生产设备和生产工艺。将生产基地落户湛江，姜全胜有他自己的长远考虑，他说："湛江靠近海南，中间只是隔了琼州海峡，以后的交通条件有可能改善。而海南自贸区的建设正如火如荼。我们在湛江建生产基地的同时，也在海南注册了国际贸易公司。我们希望乘海南自贸区的东风，问鼎全球手套市场。"

大风起兮云飞扬！伟大的时代，属于伟大的奋斗者。在采访中，姜全胜深有感触地说："我庆幸自己生在这个伟大的时代，我更庆幸自己在应该奋斗的年代，没有选择安逸！"是啊，这些年来，他一直在行棋观势，落子谋篇；只争朝夕，奋发前行。他未来的人生道路上，必将绽放更多的精彩！

⊙ "东涛"手套产品展示区

刘迎春，1974 年出生于邵东市九龙岭镇，佛山华浩胶业有限公司董事长，佛山市湖南省邵东商会副会长。

刘迎春：全国销售冠军的辉煌续写

坚持是一种可贵的品质，也是很多人走向成功的不二之选。然而，审时度势，避其锋芒的放弃，也未尝不是一个全新的开局，是一种大智慧。

佛山华浩胶业有限公司董事长刘迎春，做五金工具批发起步，经营十几年之后，以勇气和智慧，果断放弃老本行，专注经营玻璃胶，将一件简单的事情做到极致。他代理"长鹿"玻璃胶，销量连年翻番，连续几年蝉联全国销售冠军。与此同时，他又自主研发生产植筋胶，并创立了"亚洲龙"品牌。

刘迎春的经营之道，诠释了经商创业之道，终究是大道至简。

试水商海　好儿郎浑身是胆

1995 年，21 岁的刘迎春萌生了做生意的念头。那时候，他自己也不知道该做什么，决定先到外面去走一走，看一看。因为有亲戚朋友在广东佛山，他就去了那里。

佛山，这座充满活力的城市，具有包容和创新气质，是年轻人奋斗拼搏的热土。年轻人在这里能看到对未来的憧憬和希望。在佛山考察期间，刘迎春发现很多邵东老乡在这里从事五金工具批发。很多老乡的生意都做得红红火火。同时他也了解到：佛山五金行业起步较早，是华南区域最大的五金生产、加工、批发、物流运输等行业的集散地。

到佛山做五金生意！到佛山考察一周后，刘迎春做了这个决定。那时的他，二十岁出头，一身的闯劲，一身的胆量，自己认准的事情就会义无反顾地去做。

做生意，自然需要本钱。那时，刘迎春父母手头并没有多少钱。所幸，父亲在当地拥有极好的人缘和口碑。人缘好，是做人的成功，也是一笔巨大的无形财富。短短几天，父亲就在亲戚朋友中借到了46000元。在那个时候，46000元在农村可以说是一笔巨款。

刘迎春至今还记得，父亲借来的钱大部分都是10元面额的钞票，46000元装了鼓鼓囊囊的一大袋。带着这一大袋现金，刘迎春踏上了前往浙江金华的列车。这4万多块钱，凝聚着亲戚朋友的信任，以及自己未来创业的希望。30多个小时的旅程，刘迎春一直打起精神看护着身上的现金，不敢睡觉。

从浙江购进一批钻头后，刘迎春采取主动上门的方式，到佛山一些市场挨家挨户地推销。精诚所至，金石为开。在他的努力下，不少商家接受了他的产品，客户慢慢积累起来了。

创业路上充满艰难，成功背后隐藏辛酸。刘迎春刚到佛山经商，也经历过波折。第一批货卖完后，他又从浙江发了一批价值18000元的货到佛山。不料，货到佛山后，居然被人冒名领走了。原来，当时有一伙人，企图垄断佛山的五金批发，希望佛山的五金小批发商，都从他们那里进货。而刘迎春直接从浙江进货，无疑成了他们眼中所谓的"搅局者"。所以当刘迎春的货物从浙江到达佛山后，他们便利用当时货运站的管理漏洞，指使人冒领了货物。

得知自己的货物被冒领，刘迎春并没有惊慌失措，反而异常冷静。他通过一些熟人朋友了解到，被人冒领的货物发往了海南。他当即发动在佛山的几位亲戚朋友，租车火速赶往海南。在海南的一家货运站，他终于追回来自己被冒领的几件货物。一番折腾后，他最终还是亏损了一万多块钱。

不过，刘迎春此举立场鲜明地向那些蝇营狗苟者表明了自己的态度。此后，再也没有发生这类事情。

走出迷惘　思变则通万象新

经过几年时间的打拼，1999 年，刘迎春结束了散兵游勇式的经营方式，终于开起了稳定的店面。

凭着自己的勤勉与努力，刘迎春的五金生意逐渐步入正轨。如果一直坚持将五金生意做下去，衣食无忧是肯定的。但刘迎春发现，做了十几年的五金生意很难再有大的突破，每年的销量都是徘徊不前。

正当刘迎春苦闷之际，一件偶然的小事改变了他的经营模式，也改变了他奋斗的方向。2011 年，一位做五金批发的亲戚代理了一款玻璃胶，为了扩大销量，放了几件产品到他店里，要他分销。正所谓无心插柳柳成荫，店里有了玻璃胶之后，在他没有主推的情况下，不断有客户来拿货。这一现象引起了刘迎春浓厚的兴趣。他通过市场调查了解到：玻璃胶是装修中使用极其频繁的一种辅助材料。玻璃胶最初广泛用于玻璃门窗，后来又用于马桶安装、浴室柜安装、各种台面材料收口、缝隙填充等，市场前景巨大。

了解到玻璃胶广阔的市场前景后，刘迎春决定专门销售玻璃胶。一开始他还有顾虑，因为迈出这一步，就意味着多年积累的五金客户将绝大部分流失。经过一段时间的深思熟虑后，他觉得在商业上也应该"术业有专攻"，将所有精力聚焦到一种产品上，或将事半功倍。同时他考虑到，如果自己专业做玻璃胶，和很多做五金批发的老乡就没有了生意上的竞争，可以做到资源互补，相互介绍客户。

2013年，刘迎春开始专营玻璃胶。在此之前，他将库存的价值十几万元的五金产品，以18000元的低价处理掉了。他说："我认准了一个事情，就铆足干劲朝前冲，不喜欢拖泥带水。"专营玻璃胶后，刘迎春"专一"到了极致。他没有代理很多的品牌，经营的品牌多了，不能在客户心里留下深刻印象，也不利于单一代理产品口碑的积累。经过一番比较，他最终选择了长鹿精细化工有限公司生产的长鹿玻璃胶。长鹿玻璃胶有着非常好的市场口碑，同时有着完善的售后服务，公司推行"包退包换包满意"三包政策，产品销售没有后顾之忧。

事实证明，刘迎春的经营策略是正确的。他专注经营长鹿玻璃胶，

⊙ "品甲"胶业门店

很快打开了局面，销售额连年递增。几年后刘迎春在佛山的胶业市场也崭露头角。他俨然成了长鹿玻璃胶在佛山的"形象代言人"。很多人亲切地称他为"长鹿老板"。

一个人专注于做一件事，就会迸发出惊人的力量与智慧。2013 年，刘迎春参加了长鹿公司举办的年会。年会上，公司对全国销量领先的代理商进行了表彰。特别是销售冠军，公司不但有数额不小的现金奖励，还奖汽车一台。刘迎春开玩笑说："这件事让我受到了很大的'刺激'，别人能做到的，我也要想尽办法做到。我也想当公司的全国销售冠军。说实在的，我并不是冲着奖金和车子去的，更多是我想挑战自己，证明自己！喜欢挑战是男人的天性啊……"

目标是构筑成功的砖石，是对于所期望成就的事业的真正决心。有了目标，就有了奋斗的动力。想当冠军，就得付出冠军应有的努力。从 2014 年开始，刘迎春不断深入市场，不断优化销售策略，不断开辟新的销售渠

⊙刘迎春喜提长鹿公司奖励的车辆

道。他努力的结果是每年的销量翻番。到 2016 年，他终于如愿以偿地登上了长鹿公司全国销售冠军的宝座。此后，连续 3 年他都在长鹿全国经销商中名列前茅，崛起速度之快，发展之迅猛，令人叹为观止！到 2018 年，他的年销售额达到了 6000 万元。

对于长鹿公司，刘迎春一直心存感激。是长鹿公司给了他施展拳脚的舞台，给了他成就事业的机遇。做长鹿公司的广东省代理，他一直对公司保持信任和忠诚。

然而，他对事业的追求是永不止步的，他一直想创立一个属于自己的品牌。2018 年，刘迎春注册成立了佛山市品甲胶业有限公司。公司研发生产了一款优质的植筋胶。这款产品是用于建筑钢筋水泥上的胶水，建筑工地打好钢筋水泥桩后，需要植筋胶来融合，达到更坚固更牢靠的目的。植筋胶加固材料使用方便，绿色环保。植筋胶固化以后，钢筋的抗拉拔能力更强。刘迎春将这款产品的品牌命名为"亚洲龙"，寓意着这款产品能龙腾四海，飞出国门。

刘迎春的"亚洲龙"如今已依托原有的销售网络开

⊙品甲胶业销售门店外景

拓市场，后期，他将研发生产系列产品，并将通过发展代理商的模式进一步做大做强。

每个时代有每个时代的主旋律，踩准了旋律才能创造辉煌。创业，必须紧跟时代的步伐才能走得更远。有人说，未来的市场是被消费者手中的鼠标所掌控的，发展网络销售就是为赢得未来市场做准备。为了让自己的销售更上一层楼，刘迎春支持儿子在深圳组建电商团队，将自己的产品通过网络销售。如今，网络销售已经成为公司销售强有力的增长点。

从全国销售冠军到自创品牌，刘迎春在转型中续写辉煌。一路走来，他不断挑战自我突破自我。经受得起挑战的人才能领悟人生非凡的真谛，才能实现自我无限的超越，才能创造魅力永恒的价值。刘迎春，用自己的汗水书写了精彩篇章！

⊙刘迎春夫妇在店内留影

张志勇，1975年出生于邵东市牛马司镇，佛山市本米家居有限公司总经理，佛山市湖南省邵东商会副会长。

张志勇：矢志建立顺德家具到邵东的平价通道

他承受了很多同龄人无法想象的艰辛，他骨子里有着"打落牙齿和血吞"的坚韧。从白手起家到负债累累，再到绝地反击东山再起，他以一种百折不挠的执着，朝着自己梦想的方向进击，最终在家居行业崭露头角，在中国的家具之都佛山顺德，建起了自己的工厂，创下了自己的品牌。在家乡邵东，他还拥有一家极具影响力的大型家居卖场。

他就是佛山市本米家居有限公司总经理张志勇。

在走向成功的路上我可以笨鸟先飞

张志勇 1975 年出生在邵东市牛马司镇明亮村。10 岁那年，母亲因病去世。幼年丧母，是人生最大的不幸。家里的这场变故，让张志勇早早地成熟、坚强起来。他说："母亲去世那年，弟弟才两岁，父亲的压力可想而知，因而我只能为父亲分担家中的重负。"从 12 岁开始，张志勇就下地干农活，在毒辣的太阳下挥汗如雨，人被晒得黝黑。

因为家境贫寒，张志勇读完初中之后就辍学了。

1993 年，邵阳市劳动局为解决牛马司煤矿职工子弟的就业问题，

185

联系了深圳一家工厂，组织了劳务输出。在牛马司煤矿工作的姑妈，为张志勇争取了一个劳务输出指标。就这样，从未出过远门的张志勇，踏上了南下广东的列车。

到达深圳后，张志勇进了一个名叫"皇冠磁带厂"的港资企业。那时工资不高，也就一两百块钱一个月，但那时在深圳务工，要办一系列的证，如边防证、暂住证、健康证、未婚证，等等。碰到查证的人来了，证件不齐的人一个个都如临大敌惊慌失措。张志勇回忆道："我那时候证件也没办齐，一旦有人来查证，就四处逃窜，甚至不敢回工厂宿舍睡觉，有时就在外面的桥洞过夜。"

在深圳那家工厂的流水线上做了两年后，张志勇觉得这不是自己想要的生活。那时他了解到，在邵东大货车司机工资较高，而且容易找到工作。于是他便回到邵东考驾照，拿到驾驶证后他也如愿以偿找到了一份开大货车的活。

张志勇说："1995 年那时候，我开大货车的工资是每个月 1200 元，觉得非常满足，干起来也浑身是劲！连续开十几个小时的车乃至熬夜开车是家常便饭，根本不知道什么叫辛苦。"

开了两年多的大货车后，张志勇又开过小饭店，学过理发，干过泥工。他说："我那时最大的愿望就是赚钱，小时候家里穷，我就是要改变这种状况。虽然我没读很多书，但我能吃苦，在走向成功的路上，我可以笨鸟先飞！"

有一种无形资产是出类拔萃的职业素养

时至 2000 年，身边有了一点积蓄的张志勇开始谋划创业。邵东工商业发达，各类生产企业为数众多。张志勇敏锐地发觉，邵东这些小工

⊙张志勇和朋友合影

厂，包装带的用量不小，自己何不办一家包装带厂？

看准了这一市场契机，张志勇风风火火地干了起来，找厂房，买设备，进原料，包装带厂很快投产了。

新办的工厂，产品销售无疑是一个巨大的挑战。为了迅速占领市场，张志勇决定采取"铺货"的销售模式，也就是先将产品送到客户手中，货款以后再结。正因为这种销售模式，将张志勇的包装带厂卷入了恶性循环当中，货款不能及时回笼，导致工厂资金周转困难，原材料进购、工人工资时常面临拖欠的风险。

苦苦经营两年左右，张志勇的包装带厂最终以亏损数十万元关张。他也背负了一笔为数不小的债务。

2003年，怀揣500块钱，张志勇再次踏上南下的列车。这次，他在佛山顺德一家家具厂找了份工作。当时的他，不仅负债累累，而且已经娶妻生子，家里有了嗷嗷待哺的孩子。那家家具厂，新员工进厂要扣押

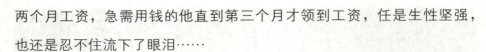
两个月工资，急需用钱的他直到第三个月才领到工资，任是生性坚强，也还是忍不住流下了眼泪……

在佛山顺德的家具厂，张志勇从流水线上的员工做到组长、主管、经理，他花了 4 年时间。

进入家具行业后，张志勇似乎找到了他人生的方向。他觉得家具与人们的日常生活密切相关，经济的发展会带动家具行业整体进步，从长期角度看，家具行业发展前景广阔。同时他也深知，自己要想在这一行业立足，必须深入系统地学习相关的专业知识。

十几年前，电脑在商业经营中的运用已经非常普遍，但那时的张志勇对电脑知识几乎是一窍不通。这让他有了深深的危机感，如果不能掌握电脑知识，或将会被时代所淘汰！

为了学好电脑知识，张志勇将"钉子精神"发挥到了极致。工厂的办公室有电脑，每天下班后，他就待在办公室练习打字、学电脑制图、学营销知识。因为怕老板责怪他浪费电，他在学电脑时都不敢开灯。一两年时间下来，原本视力极好的双眼变得深度近视了。

张志勇学电脑应该说是无师自通的，如果硬说有"师傅"，那就是搜索引擎了。遇到不懂的问题，他就靠搜索弄懂弄通。

当然，张志勇在家具行业的更多专业素养还是来自实践。在家具厂近八年的职业生涯中，他跑遍了大江南北，长

⊙张志勇生活照

⊙ "本米家居"公司一角

城内外。和全国各地的家具经销商交朋友，了解来自市场一线的关键信息。

人生有一种无形资产，那就是出类拔萃的职业素养。

让顺德家居生活馆在邵东成为品牌卖场

凭着在家具行业丰富的人脉资源和良好的口碑，张志勇赚钱成了水到渠成的事。时至 2007 年，他开始和国内一些大型家具卖场合作，他组织货源并提供销售方案，将一些濒临倒闭的大型家具卖场经营得红红火火。借此，他也获得了丰厚的回报。

"我身边一旦有了一点钱，就喜欢搞事！"张志勇笑称自己是一个不安分的人。是啊，在邵东人的身体里，总是沸腾着创业的激情。

2011 年，张志勇在佛山顺德建起了工厂。工厂主要为国内一些一线

家具品牌做代加工。和大品牌合作，让张志勇获益匪浅，大品牌对品质的苛刻，以及推陈出新的力度，都令他肃然起敬，并在心中留下深刻印象。

对于一个创业者而言，拥有自己的品牌是梦寐以求的事。做了六七年的代加工后，张志勇开始实施品牌战略。付诸行动之前，他也做了自我权衡：自己做代工企业多年，杀入产品品牌市场，有一定的优势和资源底蕴，但是要想将品牌做到一定高度，则需要长期的持续投入和品牌的精准定位。

经过近两年时间的筹备，张志勇于 2019 年正式注册"本米"家居品牌。"本米"品牌主推现代轻奢风格的家居产品，目标锁定以"90 后"为主的年轻消费者。

"本米"品牌推出后，在短短几个月时间内，迅速在珠三角地区开了20 多家专卖店。张志勇说："我们推出专卖店，不求数量，但求质量。我们会全力做到每开一家专卖店，都让经营者盈利，形成良性循环。明

⊙温馨家具空间

年，我们将主攻湖南市场。为保证货源，今年我们又在顺德乐从镇投入一家家具工厂。"

虽然在外打拼多年，但张志勇对家乡邵东的依恋之情却是与日俱增。他发现很多邵东老乡近年来喜欢组团到佛山顺德购买家具，这触发了他到邵东经营佛山家具的念头，他觉得自己能组织佛山家具厂家的货源，质量有保证，价格有优势，让邵东人民在本地以合理的价格买到称心如意的家具，岂不是皆大欢喜？

2017 年，张志勇在邵东"正红盛源"七楼租下 1000 多平方米的场地，经营"顺德家居生活馆"。这一家居卖场于 2018 年开业后，果然门庭若市，吸引了一大批消费者。2019 年，他乘势而上，将顺德家居生活馆扩大到 5000 多平方米，如今已经成为邵东极具影响力的大型家居卖场。

"佛山这边的企业，我们有职业经理人，有成熟的管理模式。未来几年，我的工作重心就放在邵东。我们将不断优化产品，提升消费体验，努力让顺德家居生活馆在邵东成为一个品牌家居卖场！"谈及未来，张志勇意气风发。

　　杨为民，1965 年出生于邵东市牛马司镇，佛山市民强钢铁贸易有限公司创始人，佛山市湖南省邵东商会副会长。

杨为民：专心专注　深耕钢铁领域三十载

有志于创业的人，总会在生活中敏锐地捕捉商机。商机，顾名思义就是商业机会，抓住了商机，就在通往成功的路上迈出了关键的一步。

佛山市民强钢铁贸易有限公司创始人杨为民，在近 30 年前把握住白铁皮的市场契机，在邵东起步，继而征战佛山，在此行业深耕近 30 年，成就了自己的事业之余，迁带动家族其他成员进入这个行业发展，诠释了邵东人敢闯敢拼和抱团发展的精神内核。

把握先机寻找开启财富之门的钥匙

杨为民 1965 年出生于邵东市牛马司镇西洋江村一个工农家庭。父亲在参加抗美援朝战斗之后，分配在邵东副食品公司工作，母亲在家务农。这样的家庭组合当时有句俗话叫作"一工一农，永不受穷"，但在杨为民的记忆里，童年的生活是比较清苦的。

1973 年，杨为民积劳成疾的母亲撒手尘寰，那一年，他才 8 岁。母亲去世不久，杨为民解决了城镇户口，随父亲到邵东城区生活。

20 世纪七八十年代，我国虽然开始步入市场经济时代，但很多行业还是属于计划经济，当时基本上所有的企业都是国有企业，所以凡是有工作的基本都有编制，意味着将来有一份退休金可以吃。在城镇拥有一份稳定工作，成为许多老百姓梦寐以求的事。20 世纪 80 年代初，从娄底技校毕业后，杨为民进入邵东县五金厂工作，那是一家地方国营小企业。

杨为民从事的是销售工作。因为工作关系，他几乎跑遍了全国各地。俗话说，读万卷书不如行万里路，走南闯北跑销售，让他开阔了眼界，增长了见识，拓宽了思维，提升了能力。

时代瞬息万变，进入 20 世纪 90 年代以来，我国市场化进程加速，民营企业获得了更为宽松的政策环境。随着短缺经济的消失，产品市场竞争的激烈程度不断上升，企业利润下降，地方国营企业的一些弊端逐渐显露，其中不少小企业纷纷陷入亏损状态。杨为民所在的邵东五金厂也是效益低下，活力不足，处境十分困难。

杨为民觉得，留在危机四伏朝不保夕的单位，倒不如勇敢地走出去。自己还年轻，又做过业务，步入社会去经商创业相对而言容易一点。

创业者最好集中精力从自己熟悉的行业做起，这样能少走一些弯路。出于这样的考虑，杨为民邀约了一个朋友，在邵东仙槎桥镇租了一处厂房，开了一家小五金工具厂。

20 世纪 90 年代初，邵东生产"小五金"工具的人多如过江之鲫，人们多以村为组织，进行作坊式生产，"小五金"加工作坊遍地开花，在仙槎桥乡周边形成了 10 个专业村，每个村都有侧重，并各自形成了一定规模，专门生产一类或几类"小五金"产品。杨为民五金工具厂的生意也是不温不火。

要想在创业路上一骑绝尘，只有独辟蹊径，命中市场的盲点。因而，杨为民决定绕开市场竞争极为激烈的五金行业。

一个偶然的机会，杨为民了解到：邵东的白铁皮极为畅销，有些客户为了早点拿到货，还要到卖白铁皮的店里预付定金。

白铁皮就是镀锌铁皮，是一种建筑业、制造业等广泛应用的铁质卷材。

因为经常在全国各地跑销售，杨为民知道这种产品在广东佛山有大量的货源。

一切有用而短缺的东

⊙杨为民在公司门口留影

西都可以是商机。发现了这个市场契机，杨为民毅然决定进入白铁皮这个行业。他租下了邵东农机修造厂的场地，经营白铁皮生意。

把握了先机，就拿到了开启财富之门的钥匙。杨为民在邵东经营白铁皮，生意果然顺风顺水，从佛山进购回来的白铁皮，很快就销售一空。

以长期利益为纽带和客户共成长

不给自己设限，人生中就没有限制发挥的藩篱。

在邵东经营了几年的白铁皮生意，杨为民觉得自己的生意有一个令人沮丧的局限性，那就是白铁皮的销售在邵东的市场体量太小。当然，他在邵东经营这个生意，因为切入市场早，老客户多，如果安于现状，这个生意的收入肯定能做到衣食无忧，但杨为民不是这样的人。

　　1997 年，刚过而立之年的杨为民，决定将邵东的白铁皮生意转给一位亲戚，自己走出邵东，征战佛山。佛山，作为中国民营经济的发源地之一，改革开放的前沿阵地，制造业异常发达，那里的市场机遇无疑更多。

　　杨为民说："我做生意一贯稳打稳扎，不喜欢将步子迈得太大。一步步地把小生意做大，或者在小生意上积累足够的经验，然后再尝试稍微大点的生意、更大点的生意。"刚到佛山时，他在禅城区租了一间门面，还是从白铁皮贸易起步。

　　虽然做的是老本行，但是在一个陌生的城市从零开始，还是一个不小的挑战。

　　当时，杨为民虽然有固定的经营场地，但前期的客户，绝大部分还是他主动出击上门联系的。客户是企业生存的根本，尤其是在市场形势非常严峻的情况下，优质的客户就显得极为重要。每抢到一个优质客户就等于增加了一份企业生存下去的保障。

⊙ "民强钢铁"生产车间一角

196

⊙ "民强钢铁"生产车间一角

　　佛山，果然没有令杨为民失望！这里工厂林立，白铁皮的需求量极大。

　　在佛山站稳脚跟之后，杨为民将家中的兄弟姐妹全部带到佛山发展，当时是合伙经营，如今他们都有了自己的公司。全民皆商是邵东最为显著的地方气质。邵东人的成功，很大程度上归功于其"吃得苦、霸得蛮、耐得烦"的邵商精神。与此同时，一大批像杨为民这样的邵东人，面对利益，密切协作，看到发展商机就积极带动亲友共赴财富盛宴。通过"亲帮亲、邻助邻、你带我、我扶你"的方式，不断将生意做大。

　　做了几年白铁皮贸易后，杨为民开始涉足白铁皮加工。

　　在他看来，商道在于赢取人心。在多长时间、多大范围内赢取了多少人的信任，就能做多大的生意，这决定了自己能走多远。

　　在几十年的经营当中，杨为民一直秉持为客户创造价值，让对方先赢、让对方多赢、最终实现共赢的经营理念。他觉得必须以长期利益为纽

⊙ "民强钢铁"生产车间一角

带，在帮助客户成功的同时获得自身成功。让对方先赢、让对方多赢是一种姿态、一种智慧、一种境界，就是尊重合作伙伴，让利于合作伙伴，做到让客户满意、让客户欣赏、让客户信任。在大是大非面前存大道而舍小利，最终赢得一方市场，一片天地。

在整个访谈过程中，杨为民始终保持谦恭和低调，一再强调自己只是一个平凡的人。他说的每一句话都很朴实，却道出了倔强、不服输的精神，没有空话，没有大话，有的只是自己对人生的理解，对新人的告诫，对帮助过他的人的感谢。

他说："从内陆小城市闯出来，如今能在佛山这样的沿海城市拥有自己的生意，能在这里安家立业，我感到非常的满足。归根结底，我们还是要感恩新时代，感谢改革开放！"

30 年，对于一个创业者而言，可以说是大半辈子时光。杨为民近30 年时间坚守钢铁贸易，专心专注，心无旁骛。坚持把简单的事情做好就是不简单，坚持把平凡的事情做好就是不平凡。我们多数人过的都是平凡的生活。这个世界没有那么多的波澜壮阔，在平凡中坚守的人，才是社会的地基。正如鲁迅先生所言："我们自古以来，就有埋头苦干的人，有拼命硬干的人……这就是中国的脊梁。"

⊙佛山的发展日新月异

　　吴兴中，1966年出生于邵东市简家陇镇，湖南省湘舜华达建筑工程有限公司总经理，佛山市湖南省邵东商会执行会长。

吴兴中：赤手打天下　铁肩担道义

"出大力、流大汗、吃大苦、干大事。"这是改革开放初期从农村走出的创业者的真实写照。邵东人吴兴中，年少时走出家门，历尽磨难。20 世纪 80 年代末他闯入佛山，从码头装卸工做起，一步一步向前走，最终在建筑行业崭露头角，在佛山，他拼下了属于自己的一片天。

精彩由酸楚汇聚，成功乃伤痛凝结。一个人能吃多大的苦，就能成多大的事。

外出闯荡独立谋生

吴兴中 1966 年出生于邵东简家陇镇羊家冲村，家中兄弟姐妹众多。13 岁那年，吴兴中便走出家门，跟随村里人远赴江西萍乡谋生。在那个年代，很多人都为现实所逼，敢于闯荡、不怕失败。闯荡意味着敢于承担，敢于挑战，也意味着无所畏惧。

他所从事的职业是造纸。土法造纸这门古老的技艺，在邵东简家陇镇源远流长，也是简家陇老一辈人重要的谋生手段。

土法造纸技艺，系用山间新竹，经选材、浸泡、发酵、碾压、舀纸等数十道繁复工序，制造出一张张色泽黄亮、薄厚均匀的纸。吴兴中 13

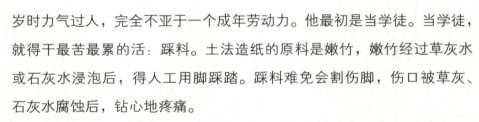

岁时力气过人，完全不亚于一个成年劳动力。他最初是当学徒。当学徒，就得干最苦最累的活：踩料。土法造纸的原料是嫩竹，嫩竹经过草灰水或石灰水浸泡后，得人工用脚踩踏。踩料难免会割伤脚，伤口被草灰、石灰水腐蚀后，钻心地疼痛。

当了一段时间的学徒后，吴兴中便熟练地掌握了整个土法造纸的技术，工艺流程也了然于心：笋子长起砍料子，砍起料子化料子；化起料子划篾子，划起篾子捆把子；晾起料子挑料子，挑起料子踩料子，踩好料子淘料子……

干了几年的土法造纸后，吴兴中听说承包山林烧制木炭更赚钱，于是他又转行，到湖南株洲市茶陵县烧木炭。"满面尘灰烟火色，两鬓苍苍十指黑。"烧木炭自然也是一门苦力活。

⊙吴兴中当年就是从事这种土法造纸工作

烧木炭辛苦，卖木炭更辛苦。吴兴中回忆道："我们在荒无人烟的山沟沟里烧好木炭后，要挑到几十公里外的集市去卖。为了卖一担木炭，我要从晚上十点出发，挑着重达 150 斤以上的木炭，打着竹火把，走四五十里的山路，在第二天早上到达集市。晚上挑着重担走山路，无疑会出汗，但一歇下来，被汗水打湿的衣服又让人冷得打寒战。"

在外地造纸、烧炭，虽然吃了不少苦头，但也赚不了多少钱。20 世纪 80 年代中期，当时的邵东县水产局为了发展水产养殖，帮助农民脱贫致富，组织了水产养殖培训班。吴兴中闻讯后，报名参加了为期三个月时间的水产养殖培训班。学到了鱼苗孵化技术后，他回到羊家冲村承包了几口鱼塘，开始做鱼苗孵化。

当时，鱼苗根本不愁销路，而且卖价较高。做鱼苗孵化让吴兴中尝到了甜头，一年下来，他踏入了"万元户"的行列，在那个年代，"万元户"是一个令人羡慕的称号。

吴兴中在那个年代能成为"万元户"，当然得益于他能吃苦、头脑活。能吃苦是一个人成就事业的基本条件，但光能吃苦还不够，还得保持活跃的思维，不断寻找新的门路。正所谓既要埋头苦干，也要抬头望天！

寻找更大的创业舞台

1989 年，中国的改革开放已经进行了十余个年头，大江南北发生了翻天覆地的变化，特别是广东的发展日新月异，这一年，广东的经济规模已经在大陆地区排名第一。一句"东西南北中，发财到广东"的顺口溜，曾让多少人热血沸腾。

这一年，吴兴中虽然凭自己的努力成了当地的致富排头兵，但他不想永远待在简家陇镇的一个山村，他渴望更大的舞台，渴望找到更大的发展机会。在此之前，他也听说了很多广东遍地黄金的传奇故事，因而跃跃欲试。处理好家里的事务，吴兴中于 1989 年奔赴广东佛山。

所谓的广东遍地黄金，就是指这里有更多的就业机会，有更多的赚钱门路，但机会总是留给勤奋的人，留给善于捕捉商机的人。吴兴中当年来到佛山，既没有什么过硬的技术，又人生地不熟，想找一份好工作太难了，但既然走出来了，他就不会退缩。

在佛山求职几天后，吴兴中终于找到了一份工作：在佛山里水镇的一家船务公司做装卸工。

码头装卸工是非常辛苦的一份工作，有时简直是在挑战一个人体能的极限。佛山天气炎热，码头上又没有什么遮挡，太阳从早晒到晚，装卸工身上的衣服湿了又干，干了又湿。

吴兴中回忆道："我们那时候装卸的货物主要是水泥、河沙、化肥、大米等。水泥和化肥有腐蚀性，扛水泥和化肥，随着大量流汗，很快就会将肩膀、后背灼伤，疼得人直冒冷汗。我扛了一段时间的水泥后，肩膀上结了一块拳头大的老茧。装卸工最累的是要在规定时间内卸完一船货，我们曾经卸了一船河沙，连续干了三天三夜，在这三天三夜中，只有在中午最热的时间睡一两个小时。为了赶时间，我们在搬货时还得一路小跑，有不少体质差的工友，跑着跑着就中暑倒在地上。"

在码头上做了一年的装卸工后，吴兴中发现了一个现象：佛山当时的船务公司以及大部分货主，自己都没有固定的装卸队伍，需要装卸货物时都得临时召集装卸工，有时叫不到足够的人手，就会影响装卸进度。针对这种现象，吴兴中脑中灵光一闪：在自己老家湖南，有一大批在家闲着的青壮年劳动力，他们有力气、能吃苦，如果把他们召集到佛山来做装卸工，让他们有一份收入的同时，自己也能抽取一点合理的佣金，岂不是皆大欢喜？

20 世纪 90 年代初的农村，土地已经承包到户，农民吃饭并不成问题。但农村经济依然很薄弱，大部分地区的农民基本靠种植业谋生，仅有少量副业可以从事，经济来源非常有限。吴兴中回到湖南老家邀约农村青壮年劳动力到佛山搞装卸，果然应者云集。短短几天时间，他就召集了 70 多位青壮年劳动力。

带着 70 多位老乡到了佛山后，吴兴中找了几位善良热心的佛山本地人，借用他们闲置的空地，在上面搭建简陋的竹棚，作为老乡们临时的栖身之所。

手下有了几十个人的装卸队伍，吴兴中很快承揽到大量的装卸业务。因为有充裕的人手，工人们可以白天晚上换班连轴干，确保了装卸进度。

在承揽装卸业务的同时，吴兴中发现了更大的用工需求，那就是建筑工地需要大量的临时工。那时候，佛山的一些中小型建筑工地施工的机械化程度并不高，如挑砖背水泥背钢筋上楼都依赖人力。吴兴中开始主动联系一些建筑工地的项目负责人，洽谈建筑劳务承包。

人生路漫漫，只要上下求索，只要懂得把握机会，每个人都有华丽转身的可能，都能展开新的人生旅程。吴兴中凭着自己的勤勉与精干，仅用一两年时间，就从一名装卸工转型为包工头。

肩挑道义与责任

在一些人的心目中，包工头就是指手画脚、招摇过市的角色，但吴兴中做了包工头之后，他感觉到自己肩头担着道义与责任，甚至有了诚惶诚恐如履薄冰的感觉。首先，他要对自己手下的兄弟们负责，这些人大部分都是老乡，有的还沾亲带故。要保证他们有事做，能赚到钱。其

邵东人在佛山

次，要对建筑承包商负责，按期完成工程任务。

刚开始承包建筑工程那几年，吴兴中并没有当"甩手掌柜"，而是和工人们一起在工地上挥汗如雨。他说：那时候身上似乎有用不完的力气，挑着300多斤的建筑材料上7楼都面不改色心不跳。

白天和工人们在工地干活，到了晚上，吴兴中还得骑着一辆自行车到外面去联系业务。那时候，他在佛山还没有广泛的人脉，拓展业务全靠主动出击。在晚上，只要看到哪个工地还亮着灯，他就主动去找工地负责人谈。所幸，那几年佛山各种基建工程遍地开花，城市建设如火如荼，吴兴中不断揽下新的工程业务。

作为从工地一线拼出来的包工头，吴兴中深知民工所挣的每一分钱都是用汗水换来的，因而他从不克扣、拖欠民工的工资，建筑商一将工资结算给他，他就第一时间将工资发放给民工。良好的信誉，让追随吴

⊙建筑工人用汗水浇筑了城市的美丽

兴中的民工越来越多，一度达到 300 多人。1994 年，吴兴中的年收入已达到了 100 多万元。

做包工头，只要一切顺利，还是能赚取不菲的收入，但包工头毕竟处在建筑工程分包链条的末端，面临着各种风险。包工头圈子流行一种共识：包工头有"三怕"，一怕工地财务来电，二怕甲方不按时付工程进度款，三怕工伤事故。

做了近十年包工头后，吴兴中积累了一定的资金实力，也有了丰富的人脉资源，他开始考虑转型，自己承揽一手工程。

2001 年，吴兴中拿下了人生中首个一手工程项目，承建佛山市里水镇的丰岗综合市场。这个市场的产权归当地一个村集体所有。市场建好后，吴兴中和村里签订合同，整体租下了四栋楼房，门面住房用于分租，赚取房租差价，这为他带来了源源不断的收入。

丰岗综合市场圆满竣工验收后，吴兴中逐渐在佛山建筑行业树立了良好的口碑。此后，他承揽到各种大大小小的工程，高峰期，他一年中同时运作十几个项目。

2017 年，为了拓展湖南市场，吴兴中成立了湖南省湘舜华达建筑工程有限公司。

回首往事，吴兴中感慨道："我从十几岁开始走出家门独立谋生，这几十年来，我虽然没有取得很大的成就，但我奋斗过，拼搏过，我的人生没有遗憾。"

是啊，世界上最快乐的事，莫过于为梦想而努力奋斗！